Carta ao Bispo

Obras do autor

UM CÃO UIVANDO PARA A LUA
Gernasa, 1972 / 3ª edição: Ática, 1979 / 4ª edição: Record, 2002.
Traduzido para o espanhol (Argentina).

OS HOMENS DOS PÉS REDONDOS
Francisco Alves, 1973 / 3ª edição: Record, 1999.

ESSA TERRA
Ática, 1976 / 15ª edição: Record, 2001.
Traduzido para o francês, inglês, italiano, alemão, holandês, hebraico e espanhol (Cuba).

CARTA AO BISPO
Ática, 1979 / 3ª edição: Record, 2005.

ADEUS, VELHO
Ática, 1981 / 5ª edição: Record, 2005.

BALADA DA INFÂNCIA PERDIDA
Nova Fronteira, 1986 / 2ª edição: Record, 1999.
Traduzido para o inglês. Prêmio de Romance do Ano do PEN Clube do Brasil (1987).

UM TÁXI PARA VIENA D'ÁUSTRIA
Companhia das Letras, 1991 / 5ª edição: Record, 2002.
Traduzido para o francês.

O CENTRO DAS NOSSAS DESATENÇÕES
RioArte/Relume-Dumará, 1996 – esgotado.

O CACHORRO E O LOBO
Record, 1997.
Traduzido para o francês. Prêmio *Hors-Concours* de Romance (obra publicada) da União Brasileira de Escritores (1998).

O CIRCO NO BRASIL
Funarte/Atração, 1998.

MENINOS, EU CONTO
Record, 1999.
Contos traduzidos para o espanhol (Argentina, México, Uruguai), francês (Canadá e França), inglês (Estados Unidos), alemão e búlgaro.

MEU QUERIDO CANIBAL
Record, 2000.
Traduzido para o espanhol (Espanha).

O NOBRE SEQÜESTRADOR
Record, 2003.

Antônio Torres

Carta ao Bispo

3ª edição

EDITORA RECORD
RIO DE JANEIRO • SÃO PAULO
2005

CIP-Brasil. Catalogação-na-fonte
Sindicato Nacional dos Editores de Livros, RJ.

Torres, Antônio, 1940-
T643c Carta ao bispo / Antônio Torres. – 3ª ed. – Rio
3ª ed. de Janeiro: Record, 2005.

ISBN 85-01-07176-5

1. Romance brasileiro. I. Título.

CDD – 869.93
04-3194 CDU – 821.134.3(81)-3

Capa: Victor Burton

Direitos exclusivos de publicação em língua portuguesa para o Brasil adquiridos pela
DISTRIBUIDORA RECORD DE SERVIÇOS DE IMPRENSA S.A.
Rua Argentina 171 – Rio de Janeiro, RJ – 20921-380 – Tel.: 2585-2000

Impresso no Brasil

ISBN 85-01-07176-5

PEDIDOS PELO REEMBOLSO POSTAL
Caixa Postal 23.052
Rio de Janeiro, RJ – 20922-970

EDITORA AFILIADA

"Resta-nos a arte para não morrermos de verdade."

F. Nietzsche

Agora ele está só, tão desgraçadamente só quanto no dia em que nasceu. Mas agora ele dispensa a parteira e já não precisa mais berrar ao mundo que está só.

É como se você finalmente pudesse reunir todos os seus pedaços deixados pelas estradas, para recompor-se com as suas próprias mãos: mesmo que sua carne já tenha sido servida aos abutres, ainda assim você irá agarrar-se à sua ossada, irá defendê-la junta por junta, até lá, debaixo da terra, por debaixo do chão.

Este é o instante: mais só do que nunca, Gil nunca esteve tão completo. E no entanto ele está se preparando para morrer, o que é bastante diferente de estar se despedindo da vida. Pura e simplesmente isto: Gil quer morrer. E vai para a morte como se fosse para o altar, levando em seus braços a rainha da boca da noite.

Como solenidade e paz nunca significaram a mesma coisa, há algo de solene dentro de Gil e há muita paz à sua volta. A casa ajuda. A casa do Bispo, hoje o seu melhor amigo. É limpa, cheia de simplicidade e conforto — um dia já teve isso, num tempo lá longe, mas era diferente. Não incluía em seu passado a cortina branca que treme à sua frente, como um desolado lenço de despedida, uma solitária bandeira hasteada no deserto de um coração, anunciando o fim da batalha. Lá fora há um resto de sol, se indo devagar, com a certeza de quem está acabando de atravessar mais um dia igual aos outros, em sua grandeza e idiotia. Lá fora há um carro parado na porta, um jardim, um pé de coqueiro e a música solta e livre do vento. Gil, porém, nem se lembra mais do seu violão, ele que gostava tanto de tocar e cantar. Pensa no homem que está cuidando do jardim como se cuidasse da grama do paraíso. De vez em quando o homem pára um pouco, apóia uma mão no topo do cabo da enxada, dobra o corpo para trás e, com a outra mão, tenta desvergar as costas. Gil teme que este homem pense que ele está ali para vigiá-lo. Durante uma boa parte do dia esteve a observá-lo, é verdade, mas por outros motivos: a todo momento precisava certificar-se de que o caseiro não estava acompanhando todos os seus movimentos.

Este caseiro é que é o verdadeiro senhor desta paz. Graças a ele Gil pôde encontrar a casa arrumada, a cama feita, água e comida. O Bispo só vem aqui de tempos em tempos, para descansar. — Pode ir tranqüilo, Gil, não é incômodo algum. A casa é sua. Descanse, descanse. O tempo que você precisar.

Agora, recolhido à pequena mesa da cozinha, Gil escreve ao Bispo, Gil esclarece sobre o descanso pretendido, Gil explica que não estava mentindo. O que ele está dizendo nesta carta? Jamais o saberemos: será um segredo que o Bispo, este "incorruptível Dom Luís" (palavras de Gil, num bar), levará para o céu.

Gil deixa:

Uma noiva, "bonita só por dentro", e uma vaga promessa de casamento.

Uma mãe viúva e uma irmã, na capital, seus dependentes diretos, não só para efeito do imposto de renda.

Três irmãos pelas bandas do Sul, todos bem de vida.

Um bravo cavalo de lata, rasgador dos sertões, cheirando a gasolina, moça donzela e mulher casada — seu cavalo de cascos de borracha que sabia onde as cobras dormem, que fazia a devassa nas noites do interior, de olho aceso ou apagado.

Deixa a velha aloprada do Hotel Rex, uma esganiçada raposa bêbada que lhe tratava como a um filho, e o almoço e o jantar de todo dia e o gerente do banco e o juiz e o advogado e mais um e outro viajante simpático cordialmente convidado para alegrar a mesa.

A leitura diária dos jornais da capital.

Gil deixa a janela sobre a mornidão do rio — a sua janela do primeiro andar.

Do lado de cá um barranco, do lado de lá outro barranco: duas margens peladas aprisionam um rio antigo, largo e preguiçoso. Na geografia de sua infância este rio continha outros ideais, outros encantos. Agora o rio é só um mormaço cotidiano, que Gil vive e revive com os olhos de um condenado.

Ele se lembra de quando chegou aqui, às cinco da manhã, com a barra do dia se levantando. Era uma promessa, pelo menos preferiu acreditar que era. Vinha reintegrar-se ao emprego perdido em outra cidade, em outra banda esconsa e recôncava, um emprego já há muito incluído entre as suas perdas irrecuperáveis, como a confiança de um pai ultrajado que tentou dar cabo da sua vida, não por causa da filha amada, mas por um desprecavido desvio de fundos de um negócio onde ambos estavam metidos. Gil se recorda: o homem saiu do escuro, estava escondido no quintal. Entrou dizendo: — Vim acertar as contas com você, moleque. Gil ouviu o berro do acerto, podia ter sido o lance definitivo. Mas a bala foi alojar-se na perna de um de seus irmãos que acabava de chegar para rever a família. Isso ainda lhe dói, embora nem tanto quanto saber que ainda ama a filha desse homem, empurrada para bem longe, muito longe dele. Gil seguiu-lhe os sapatos, beijou-lhe os rastros, sustentado unicamente pela fé cega dos apaixonados, como um mendigo cheio de orgulho e fogo, que suportaria tudo, até mesmo a mendicância do amor. Ele ainda a amou muito, por muitos lugares, estranhas capitais, Salvador, Rio, São Paulo — Gil se depenando, até o último paletó, Gil mordendo os irmãos,

Gil mordendo os amigos, Gil bebendo cachaça, lambendo a desgraça. Gil fugindo de uma cidade do interior, uma cidade cheia de revólveres apontados para a sua cara. Gil voltando para Salvador, Gil abrindo um processo, Gil reconquistando o emprego, Gil perdendo a namorada. E então, naquele amanhecer, a vida recomeçava. Só muito depois é que viria a perceber que, se lhe deram o direito de regresso ao trabalho, não se esqueceram de o castigar pelos meses em que havia abandonado o emprego. Isto aqui era um castigo.

Gil deixa o navio no meio da praça, entre a sua janela e o rio: o bar. Era até bonitinho este navio-bar, eternamente ancorado na porta do hotel.

Do lado de cá uma cidade. Do lado de lá, outra cidade. Duas abstrações no meio de um deserto devassado por um rio.

Gil deixa de ouvir a Rádio Rural: "Assegure o seu futuro. Aprenda datilografia."

Começa a ouvir as vozes de longe, do fundo do tempo:

— Gil, você vai virar um abecê do sertão.

— Obrigado, mas dispenso a homenagem.

Deixa um rastro de lendas, estrelejado como as nossas noites:

— Está no sangue. O sangue dele entorta a cabeça das mulheres.

— Gil é viado.

— Ele é um bom locutor, um bom orador, um bom cantor, um ótimo político. Um grande sujeito.

— Gil é um sacana.

— Gil é comunista.

— Gil está broxa.

— Com um pouquinho mais de estudo e sorte ele chegava a deputado estadual, depois a deputado federal, depois a senador, depois...

Gil perdeu a primeira eleição para prefeito por 13 votos, lá no buraco onde nasceu. Gil disse: — Fui roubado.

Gil elegeu muitos prefeitos. Deu votos para deputados. Ajudou senadores.

Gil era recebido por ministros. Gil conhecia Brasília.

Ele deixa as suas vitórias. Até podia contar vantagens.

Deixa o povo e este o amava e era de verdade. Para o povo ele dava a roupa do corpo, quando não tinha mais nada para dar. Gil deixa uma causa sincera e insana, na qual enterrou quase todos os seus quarenta anos. Queria salvar um lugar e um povo. Sozinho.

E amanhã ele iria ajudar a eleger um novo prefeito, num lugar muito longe, bem longe daqui, e iria ser assassinado por um ex-prefeito a quem havia ajudado a eleger-se. Gil ia ser assassinado por causa de uma mísera dívida antiga, uns dez réis furados, um infeliz papel assinado em plena campanha eleitoral, hoje não mais do que uma mixórdia de sebo e suor. Gil sabe que ia ser assassinado.

O que seria de Gil parado, encalhado aqui, nesta beira de rio, sem poder ir e vir, no seu cavalo de lata, sem poder voltar sempre ao buraco de onde veio?

Outra voz de longe, do fundo do tempo:

— Menino, crie juízo. Largue essa política. Largue essa confusão. Cuide de si.

Amanhã Gil iria para a cadeia, por causa de um desfalque contra os depósitos bancários da Justiça do Trabalho.

Gil deixa um emprego de secretário da Justiça do Trabalho.

Abandona os demitidos do cais do porto, deixa as viagens diárias à superintendência do porto, cento e sessenta casos pendentes, conversas macias, adiamentos, apelos, intrigas, propostas indecorosas, conversas ásperas, ameaças, medo.

Gil deixa o seu violão, na casa da noiva.

"Ela disse-me assim,
tenha pena de mim..."

Deixa um rasgo de brilho nestes sertões encabulados, deixa um coração de festa, deixa suspiros, deixa ais — Gil se deixa.

Agora ele termina a carta. Levanta os olhos em busca da latinha. Está exatamente no lugar em que a deixou: em cima do fogão. Começa a dobrar a carta. Levanta-se e se encaminha calmamente para o fogão, ainda fazendo dobras na carta. Chega ao fogão. Destampa a lata, despeja um pouco do seu conteúdo num copo e enfia a carta na lata. A carta fica com um bom pedaço de fora. Gil deixa a latinha no mesmo lugar. Afasta-se, andando de costas, até a porta de entrada da cozinha. Certifica-se: o ângulo de visão é perfeito. Volta para o fogão, pega o copo e anda até a pia. Há uma moringa bem à mão, com água. Ok, comandante, tudo aqui funciona, desde que se deseje. "É como matar formiga, não é? Não era assim que a gente matava as formigas?"

Meu prezado amigo Dom Luís — palavras de Gil para o copo à sua frente, para a parede à sua frente, a pia à sua frente, a geladeira a seu lado, o fogão, a lata de formicida Tatu, a carta dentro da lata, o teto, o silêncio cortado em milhões de pequenos pedaços a cada movimento, a cada gesto, a cada palavra, uma ou outra palavra que lhe escapa ao acaso, Gil se ouve, Gil se sente, Gil escuta o tambor que bate no seu peito às marteladas, como um grito de guerra de um exército de condenados, Gil descobre que o pensamento é uma casa de marimbondo ensurdecedora e alucinada, como uma serra elétrica, uma usina frenética, Gil olha para o copo, Gil está olhando para o copo, Gil não tira os olhos do copo, é como beber cachaça, é como tomar um uísque, é como beber uma laranjada, é como beber água com açúcar, é como beber veneno — e ele se benze: — Nas horas de Deus e da Virgem Maria, amém. Faz o sinal-da-cruz com o copo, encostando-o na testa e no peito e no ombro esquerdo e no ombro direito. Beija o copo. Agora está pronto.

E de repente tudo começa a escurecer-se. É o eclipse. O dia entrando na noite por dentro da sua garganta — é uma terra opaca, feita de penumbra e dor. Agora só resta contar os minutos, se é que isto ainda lhe interessa, como quem conta gotas de orvalho. Agora é deixar-se evaporar.

Move-se. Porém lentamente, sem pressa. O destino pode ter muitas cores, mas a travessia é a ausência de todas as cores. O mundo escurece.

E o mundo, ou o que resta dele, ainda está debaixo dos seus pés, ali, da cozinha para o corredor, que dá para uma sala e três quartos. Ele já está na porta da cozinha e já está cansado, como se tivesse viajado muitas léguas, a pé. Pára para descansar: agora é que vai começar a verdadeira caminhada. Inspira e aspira. Leva as mãos à boca. Golfa. E logo a seguir estende os braços até tocar com as mãos em cada uma das paredes do corredor. Apóia-se e avança um passo. Suas mãos vão deixando marcas nas paredes — as marcas das suas mãos. Marcas de sangue. O corredor treme. Gil está tremendo. Tremendo e se arrastando entre duas paredes que lhe escoram — duas paredes trêmulas.

Tremem as tripas do menino metido no seu primeiro terninho branco, orgulhoso e compenetrado. É o dia da sua primeira comunhão. Ele está em jejum desde o café com leite e cuscuz de milho da noite de ontem. Já passa das dez horas da manhã e esta fila está andando tão devagar. Leva nas mãos uma vela quase do seu tamanho, enfeitada com um laço de fita também branca, mais branca ainda do que a vela. Sua barriga ronca. Ele tem medo de fraquejar. São duas filas, uma de meninos, outra de meninas. Duas filas muito compridas, que demoram uma eternidade para dar um passo, na direção do altar. O suor começa a escorrer do seu rosto, começa a manchar a camisa impecável que sua mãe lhe fez com tanto cuidado. Um pecado tão grande quanto os que havia deixado ontem no confessionário. Um passo hoje, outro no fim do mundo. Talvez fosse melhor voltar para casa e quebrar logo o jejum. Iam dizer que ele era um fraco? Sua mãe ia olhar para ele com aqueles olhos ofendidos de quando lhe desobedecia? Mas, e esse calor, essa sufocação, essa tremedeira nas pernas? Nem podia abrir o colarinho, porque suas mãos estavam ocupadas. De um lado e do outro das duas filas, as paredes de um corredor. Um corredor feito de rostos. Rostos inquietos, rostos parados, rostos altivos, rostos amofinados, rostos tranqüilos, rostos espantados, rostos de barriga cheia, rostos esfomeados, rostos esperançosos, rostos derrotados, rostos deformados, aporrinhados, revoltados, conformados, rostos, rostos, rostos, duas paredes de rostos que o apertavam, o espremiam, o interrogavam. Seus olhos iam de um rosto a outro e em cada rosto ele lia uma pergunta, escrita com o suor do seu próprio rosto: — É assim que eu vou ficar, quando crescer? Será que é assim que eu vou ficar?

Branca e radiante como esta religiosa manhã é a menina que surge por trás da parede. Corre, menina, corre. E ela vem vindo, vem correndo. As tranças dos seus cabelos também galopam, sobem e descem pelo seu pescoço. Corre sem parar, que fôlego tem essa menina. Corre, corre, mas não sai do mesmo lugar. Gil a reconhece: como tem saudades dela. Sua irmã mais velha, sua irmã Lindaura. Bonita como sempre foi. Morreu novinha, morreu tuberculosa, uma doença besta, que se cura até com os frutos selvagens da jurubeba. Uma doença assassina. Sua irmã está linda. Descobriram o prazer juntos, na cama em que dormiam todos, embolados. Nem sabiam o que era, mas era uma coisa estranha e gostosa. Uma brincadeira, uma inocente safadeza. Era com o travesseiro enfiado entre as pernas. O coração batia esquisito, todo o corpo ficava queimando. Depois vinha o arrependimento, eles não sabiam o porquê. Um dia ela disse: — Hoje não vamos nos arrepender, não, viu? Corre, doce menina. E ela está correndo na sua direção, correndo e gritando o seu nome. E nunca chega. Por quê?

— Vai Gil, vai Gil, vai Gil.

As vozes vinham do fundo das duas paredes e eram vozes poderosas. Reais como a sua tontura.

— Vai Gil, vai Gil, vai Gil.

Uma horda de loucos ou uma tropa de choque. Uma multidão de rostos desvairados.

— Vai Gil, vai Gil, vai Gil.

A bola está a um passo. A torcida espera pelo seu chute. De manhã, missa, hóstia, comunhão. De tarde um joguinho. À noite, um violão.

— Vai Gil, vai Gil, vai Gil.

Uma voz se destacando no meio de todos os rostos. Forte, vibrante. Havia paixão naquela voz. Havia confiança. Era o seu pai.

Gil reage. Suas pernas bambeiam, mas seu sangue ferve. Ele está reagindo. Avança mais um passo e sobe num palanque: um caminhão caindo aos pedaços. Do alto deste caminhão, na solidão da caatinga, Gil agora bota a boca no mundo.

Antes, cutuca um rapaz que está a seu lado, em cima do caminhão:

— Toda vez que eu fizer uma pausa, você grita: Apoiado!

— Está certo, Gil. Mas tem uma coisa.

— Que coisa?

— Na campanha passada eu gritei muitos apoiados para você. Gritei até ficar rouco. Você me prometeu um emprego e até hoje...

— Eu tentei, mas não consegui nada.

— Tentou o quê?

— Então você não se lembra? Levei você a Alagoinhas. Apresentei você ao dono da empresa de ônibus, falei que você podia ser um bom cobrador, tinha a minha recomendação. Não se lembra?

— É, mas eles disseram que eu não passei no teste. E você sabia que eu não sei ler nem escrever. Mas sei dar troco, porra. Eles queriam o quê? Se eu fosse doutor não ia procurar um emprego de cobrador de ônibus.

— Que merda — disse Gil. — Não tenho poderes nem para lhe dar um emprego de cobrador de ônibus.

— Eu grito apoiado assim mesmo, Gil. Você é um cabra retado. Começa logo que o povaréu está impaciente.

— Agüenta firme que se a gente ganhar eu boto você na prefeitura.

— Pra varrer rua? Muito obrigado.

— Quem sabe dê para encaixar você no jardim? Emprego mole. Você toma conta do jardim da praça.

— Mole, um cacete. Começa logo. Não chateia o povo.

As mesmas carcaças estropiadas. Os mesmos rostos de todo dia, de todas as eleições. Quais são suas promessas, Gil? O que você vai prometer desta vez? Você está pregando num tabuleiro estorricado, que não dá mais do que alecrim e almas penadas. Irrigando, bem que este tabuleiro já servia para alguma coisa. Esta já pode ser a sua plataforma.

Há uma casa caiada, uma casa de sopapo. Há uma bodega ao lado da casa. Gil nasceu aqui. Um dia seu pai vendeu a casa e se mudou para a rua, abriu uma lojinha e mandou Gil para o seminário, lá para os lados da capital. Mas Gil cagou muita lombriga neste terreiro, agora coalhado de gente. Uma gente desentocada das mais miseráveis taperas, inacreditáveis confins, pés de grota desgraçados. E todos estão à espera. Gil está no palanque, Gil vai fazer um comício.

E Gil está cansado. Ele acaba de chegar de Juazeiro, nas beiradas do São Francisco, longe como o diabo. O empoeirado Gil ainda não tomou um banho, o empoeirado Gil não sabe o que é dormir. Gil fede a gasolina, Gil cheira a estrada, Gil bafeja cachaça. Ele vem das ribanceiras de Pernambuco, onde mora sozinho num quarto apertado de hotel, onde trabalha na Justiça do Trabalho, e está aqui, nas costelas de Sergipe, nos cafundós da Bahia. Para onde vai você, cabra da peste, nesta batida louca? Vou fazer de Zito de Zé de Satu o prefeito deste lugar. Zito, o bodegueiro, como o seu pai e ele próprio o foram. Zito, o professor de violão. Zito, o maior artista que já nasceu numa brenha como esta.

— Votem em Zito e se preparem para quatro anos de forró.

Mas desta vez Gil não parece disposto, tão animado. Deve ser por causa desta corrida maluca, todo fim de semana. Os do outro partido já estão espalhando que ele anda com a cachola frouxa, os parafusos fora do lugar. A maledicência campeia por aqui mais do que praga de muriçoca. Gil está sofrendo como um cão danado. Mas não desanima. Começa a falar:

— O povo de quem fui escravo não será mais escravo de ninguém.

— Apoiado! — gritou o rapaz, conforme o combinado.

Mas o povo, esse mesmo, não se move. Gil se desespera: — Começou a traição. Safadeza. Já se bandearam para o lado dos fazendeiros, já estão com os poderosos, daqui e de fora. A filhadaputice de sempre. Conserta a garganta. Vai continuar, com a mesma dignidade de antes:

— O povo de quem fui escravo não será mais escravo de ninguém.

— Apoiado! — grita de novo a voz solitária.

Gil sente uma mão que o puxa pelo braço. Vira o rosto para trás. Era o seu pai.

— Inventa outra coisa, rapaz. Fala qualquer outro troço. Isso aí ninguém acredita mais.

Ele olha para o seu pai. Morde os beiços. Uma coisa muito estranha lhe acontece neste momento. É a vontade de bater no pai. Desvia o rosto e se volta para a frente. Apesar de tudo, está calmo. Controlado. Retempera a garganta. O comício vai recomeçar:

— Esta noite tive um sonho. Foi um sonho lindo. Sonhei que todo mundo vai ter um palmo de terra onde cair morto.

— Devagar, rapaz, vá com calma. Você está falando de corda em casa de enforcado. (Seu pai de novo, cochichando no pé do seu ouvido. Que porra. Gil não o escuta. Está olhando para a frente, está dando um tempo para contar o resto do seu sonho. A matutagem não o deixa falar.)

Farreia, farreia, povo,
farreia até o sol raiar.
Gil chegou cantando,
Zito vai ganhar.

Assim é que é, é o que deve ser, hoje e sempre. Alegria, folia, festa. Festa, trabalho, feijão. Gente. Reunião. Tudo pode. Todo mundo cantando. Gil sentindo seus cabelos em pé. Está arrepiado. Fala:

— Minha gente. Andam dizendo que Zito não pode ser prefeito, porque é um pé-duro, um pé-rapado. E eu digo que isto é uma ofensa. A todos vocês, a todos nós. Agora eu pergunto: — Quem é que diz o que é que pode? São eles ou são vocês? Cada um de vocês tem a resposta, porque vocês é que vão dizer, nas urnas, quem merece os seus votos. Aqui para eles, ó (Gil descasca uma banana, com violência, com raiva. Gil se torna no que sempre quis: um alvoroço).

E lá vem o falado Zito, quieto e popular, homem de confusão sem querer, sem saber, o famoso das cordas, do vinho de jenipapo, do vinho de jurubeba, Zito da seresta, de muitas artes serenas, as artes da alegria, lá vem Zito fuzilando incomodação, desmanchando coreto, falando de assombração, Zito que não era disso, estava só calado na bodega, conferindo o povo, as adesões, controlando o movimento, de longe, até a hora de subir no caminhão e soprar seus versos, dedilhar seu violão, mandar um recado, na sua voz pequena. Zito chega amofinando:

— Desce daí, Gil. Vamos cair fora.

— O que é que há, companheiro? Tome a palavra. A festa é sua.

— Vamos cair fora, já.

— Olhe pra isso. Veja a animação. Tome a palavra.

— Tem quatro sujeitos armados. Estão avançando. Vão atirar em você.

— Daqui só saio morto.

— É o que eles querem. Olhe lá. Estão vindo.

— Deixa vir. Não podemos parar, assim sem mais nem menos.

— Vamos descer, Gil. Pelo amor de Deus. A coisa vai ficar preta.

E já estava. Começa a relampejar gente para todo lado, assim que os primeiros disparos trovejam no ar. O pau come no centro de um enxame em plena farra, este eleitorado que se acredita livre para apoiar quem lhe dê na telha, para berrar o seu apoio, para esperar pela vitória de um voto.

— Quero água. Um copo d'água. Depressa — diz Gil, já no chão, e sentando-se no pára-lama do caminhão. Leva as duas mãos ao rosto. Aperta a testa. Está suando muito.

— Água, água, água.

— A gente acha mais adiante. Vamos cair fora.

— O negócio é comigo, Zito.

— Eu sei, porra. Cai fora.

— Me leve até a casa. Quero água.

— No meio dessas balas? Tá doido?

— É pura provocação. Estão atirando pras nuvens. Água, senão eu morro.

Gil se vai — arrastado, empurrado, pisado entre o seu contingente em debandada, um bando de baratas tontas, todos. E ele, o que era agora? Uma barata tonta desgarrada, se debatendo contra o bando, abrindo clareira na marra contra uma nuvem pesada de patas enlouquecidas. O que pode um batalhão de mãos vazias contra quatro armas de fogo? Pode muito, não fosse o medo de perder a vida bestamente. Todos querem viver até morrer de velhice, na cama. E assim é que deve ser se acham o certo. Sua cabeça roda, mas seu corpo não pára. Avança mais um passo. E, como num sonho, como num milagre, ele e seu amigo alcançam a casa e entram e se escondem num canto da sala, sem fechar as janelas, por onde se vê quatro homens rondando, pra lá e pra cá. Quatro homens armados.

— Só estão avisando, Gil. Só estão querendo dizer que não se esqueceram de você.

— Quem são eles?

— Os filhos de Mané Santo.

— Mané Santo! Meu tio. Meus primos. Santa família.

— O velho também está aí fora. Está mostrando um papel para todo mundo. Diz que por hoje chega. Mas de sábado que vem você não escapa.

— E domingo que vem é o dia da eleição.

— É o dinheiro o que ele quer. É só isso.

— Não seja bobo. Não é só isso. É a minha cabeça. A nossa derrota.

— O homem está espalhando brasa pela boca e pelos olhos. Avalizou um dinheiro para você, no banco. Você tinha quatro meses para pagar e lá se vão quatro anos. É o que ele está dizendo para todo mundo.

— O dinheiro era para ele mesmo. Para a campanha dele. Isto foi o combinado, mas combinação de boca ninguém respeita. Não devo nada para este fazendeiro tapado e analfabeto. Ele é quem me deve uma vitória e um mandato de quatro anos. Está só querendo se vingar, porque não apoiei o candidato dele.

— Seja como for, prevenido morreu de velho. Se eu fosse você, não voltava aqui tão cedo. Esperava uns tempos, até a poeira assentar.

— Isto é o que eles querem, mas não vou dar este gosto a filho da puta nenhum.

— Eles querem é o dinheiro, Gil. Por que não pagar logo? A dívida é uma bobagem. Coisa à-toa.

— Tô duro, meu caro. Muito duro. Teso mesmo. Liso, se é que você quer saber a verdade. Torrei o que tinha e o que não tinha só em gasolina, sem contar o resto.

— Você tem parentes de posses. Eles não podem dar um socorro?

— Todo mundo está vendo a situação, está sabendo. Mas ninguém mete a mão no bolso. Acho que estão cansados de jogar dinheiro em política. Deixam tudo por conta do bestão do Gil aqui.

— Então, é como lhe digo. O mais certo é você não voltar sábado.

— Só se eu estiver morto.

— Sabe de uma coisa? Estou cheio de remorso. Maldigo a hora em que me meti neste treco. Não tenho um tostão furado, você sabe. E política é pra quem tem dinheiro.

— Bobagem, rapaz. Já ganhamos. Pega o violão.

— Hoje, não, Gil. Estou um bocado triste e desanimado. Não dá. Vou pular fora deste negócio, deixar este diabo de eleição pra lá.

— Não, mil vezes, não. Pelo amor de Deus, não, Zito. Aconteça o que acontecer você tem que ir até o fim. Só falta uma semana. Você tem que jurar para mim que não vai fazer uma coisa destas.

— Está certo.

— Está certo o quê? Diga.

— Não vou tirar o corpo fora. Mas você vai me prometer uma coisa. Que você não vem no sábado. Este teu tio vai te matar. Não adianta conselho, não adianta conversa, não adianta nada. Você sabe o quanto me dói dizer isso. Mas prefiro você vivo.

— É como já disse. Só não venho se estiver morto. Isso eu garanto.

E lá vai ele, lá vem ele. — Menino, largue essa política, crie juízo, largue essa vida — e lá vai ele parando o carro, trocado na semana passada, um carro mais novo, para agüentar o rojão, agora parado, na porta da bodega pobre do arraial mais pobre da nossa Bahia, do nosso Brasil, cercado de olhos desconfiados, rostos tisnados, que escutam a notícia e se abrem num sorriso largo, bonito de ver: — O motor da luz chega semana que vem. Já arranjei tudo. — Menino, sossegue num canto, arranje uma boa moça e se case, crie família, crie raízes, cuide de si — e lá chegou ele, de novo desembestado, falando na luz de Paulo Afonso, que está difícil, mas um posto médico ele já conseguiu, vamos ter médico aqui de oito em oito dias e de graça. — Menino, escute um conselho, pelo menos uma vez na vida, um único conselho da sua mãe, não se desgrace como o seu pai se desgraçou, tudo por causa dos outros, por causa desta política infeliz — e ele contrata um feitor, vão abrir uma estrada, precisa de homens para trabalhar na estrada, por enquanto é só de cascalho, já é um começo, quem sabe um dia venha o asfalto. — Deus me ajude, Deus que me ajude, que eu sozinha não consigo tirar essas idéias da cabeça deste menino, tão novo e já de cabelo branco, tão novo e se acabando, pra cima e pra baixo, como um vida-torta — e ele trouxe a nova professora, filha da terra, formada com o sacrifício de muitos sacos de feijão, em troca de um quarto e comida, numa casa de pensão — ele conseguiu a nomeação. E lá vai ele — Gil meteu a mão no dinheiro da estrada, meteu a mão no dinheiro do motor, meteu a mão, sim senhor, meteu a mão, e lá vai ele, lá vem ele, com fama de safado, viado e ladrão, lá vem ele, lá vai ele, metendo a mão no bolso e mostrando que não tem um tostão.

Lá vai ele sem que ninguém o veja, sem pedir que ninguém reparta o pesado tributo do seu horror, o preço de uma vida que verdadeiramente amou, sem desejar que pessoa alguma fotografe com os seus próprios olhos a expressão de seu rosto agora — como sempre, está se virando sozinho. E é sozinho que pretende chegar ao centro da sala, para onde está seguindo, aos trancos, embora nunca se saiba por que quis chegar ao centro da sala, por que insiste em se arrastar entre as duas paredes do corredor.

— Está bem, mãe. Está vendo? A senhora vem ao meu enterro? São mil quilômetros. Quinhentos para a notícia ir, quinhentos para a senhora chegar. Com as paradas dos ônibus e outros atrasos — um tempão. Vi papai ainda há pouco. Ele apareceu para me dar um esporro. Vários esporros. Tudo o que eu dizia, ele era do contra. Não estava entendendo nada. Estou morrendo. Preciso desabafar.

— Eu sei, menino. Eu sei, meu filho. Já passei por isso.

Uma voz tão antiga em seus ouvidos quanto as trezentas e sessenta e cinco queixas anuais de uma mãe ajoelhada. Rude, áspera, mansa e arrastada. Voz sincera de um roceiro velho, um caititu sofrido e derrotado, que já não tinha o que esperar dos homens, do mundo, dos filhos, de mais nada, porque já não lhes pertencia. A mesma voz que em vida jogou muitas palavras fora, na verdade poucas se comparadas com as de bom proveito que saíram de sua boca. Mesmo quando definhava numa cama, tossindo sem parar, sempre queria dizer mais alguma coisa que não conseguia, não podia. Teve uma morte lenta e agoniada. Morte má rainha. Morte matadeira. Morte de merda — chupando a sua carne e o seu sangue, do peito até à goela, dos cabelos da cabeça até aos pés. Dava para se contar as costelas, as juntas dos dedos, todos os ossos. Tosse dos tuberculosos, tosse dos condenados. Ninguém para vê-lo. Nenhum parente, nenhum amigo. O bem-querer que se tinha a este homem magro, a este seu Chico, seu Francisco Pedreira da Costa, homem paciente e bom, não era mais forte do que o medo que sempre se teve da doença maldita. Por companhia lhe restou um pequeno balde, para onde escarrava quarenta e nove anos de vida, feitos de sangue e catarro.

— Eu sei o que é isto, seu Chico meu pai. Seu Francisco Pedreira da Costa. Foi logo que eu saí do seminário e começaram a dizer que eu tinha saído do seminário porque estava ficando louco. Não adiantava explicar que eu não tinha vocação, coisa que o senhor entendeu muito bem. Depois tive o azar de pegar uma tosse braba, que nunca ia embora. Aí passaram a dizer que eu estava com a doença. Minha mãe enrolou um pano no meu pescoço e disse que era porque eu não podia pegar vento. Eu vivia fechado dentro de casa, só saía na calçada de vez em quando, para apanhar um pouco de sol. Tinha a minha caneca separada das outras, meu copo, meu prato, meu garfo, minha colher. Nada que era meu podia ser misturado com o dos outros. As pessoas pareciam ter medo de mim até para dar um bom-dia. Passou-se foi tempo e eu assim, trancado e isolado, só existindo na boca dos outros, lá longe, eu por fora da turma, de qualquer turma: — Coitado-daquele-menino-tão-novinho-era-tão-forte-tão-tão-tão. Eu, o tão tudo, tão morto, como minha irmã Lindaura, que já tinha se ido, nas garras da mesma doença. Até aparecer o doutor Duda, receitando de graça, para ganhar voto. Ainda hoje, agora, aqui, eu sinto o seu aparelhinho frio encostado na minha pele, uma coisinha assim como um relógio de bolso, muito frio, quase gelado, o objeto misterioso na mão do médico misterioso, colado nas minhas costas, primeiro perto dos ombros e depois descendo até perto da cintura. Depois no meu peito. Doutor Duda me mandava encher o peito e soltar o ar e ficava só escutando, quieto, pensativo, calado. O senhor esperava. Mamãe esperava. E eu esperava mais do que todo mundo. O médico me mandou tossir. O médico segurou no meu pulso. E quando ele guardou o seu aparelhinho e disse que eu não tinha nada, estava sãozinho, bom como um cavalo, nós todos nos olhamos, olhávamos para o médico e nos olhávamos, sem entender, sem querer crer, mas ali estava a palavra da verdade, a viva voz, real, de corpo presente, maior do que a voz de Deus. O senhor, seu Chico meu pai, saiu pela rua, como um doido varrido, anunciando a boa nova para todo mundo. Nesse dia, seu Chico meu pai, o senhor foi correndo na sua loja e deu quase todos os panos para os fregueses, panos caros e panos baratos, cada um levava conforme o gosto e as necessidades, de graça. E o senhor pedindo a todos: — Votem em doutor Duda. É tudo o que eu peço. O senhor virou outro homem, um homem novo, animado, diferente. Virou cabo eleitoral, virou político. Uma vida de alegrias e tristezas, mas uma nova vida, sempre a favor do doutor Duda e de todos os outros que vieram depois, a mando dele. A luta com gosto, o trabalho com paixão, o esforço com um sentido, uma razão — mesmo que para isso, seu Chico meu pai, o senhor tivesse que enterrar uma lojinha, depois uma bodega, e todos os seus anos. E me levou junto. Porque eu nasci mesmo foi nesse dia, seu Chico meu pai. E esse nascimento não teve dor de parto, nem choro, nem cachaça e litros de feijão para a parteira bêbada da primeira vez. Teve só o espanto de um pai que gerou duas vezes um mesmo filho, de uma mãe que o pariu pela segunda vez e o meu. Eu já estava bem grandinho para ver tudo com os meus próprios olhos, para compreender tudo, para participar de uma festa como se nada estivesse acontecendo, mas sabendo que uma coisa muito boa tinha acontecido e era comigo.

— Soltem os foguetes, canalhas. Roam-se de pasmo, covardes. Estou são e salvo. Agora cheguem para perto de mim, bem pertinho mesmo, me abracem, me toquem, apertem a minha mão, entrem na minha casa, abram suas portas e deixem que eu entre em suas casas, deixem que eu beba água em seus copos, me deixem comer em seus pratos, com suas colheres, seus garfos e suas facas ou só com as minhas mãos, permitam-me contagiá-los com a minha imensa alegria, eu não estou tuberculoso, nunca estive tuberculoso, isso foi só uma invenção de vocês. Por favor, desinventem o inventado e ao diabo com suas cismas. Não sou mais um condenado, estão satisfeitos? Mas eu estava feliz demais para pensar duas vezes uma mesma maldade. Toda a minha raiva foi-se embora com o primeiro abraço. E até me arrependi de tudo de ruim que pensei quando começaram a me falar das promessas à Padroeira, dos rosários rezados, das penitências a serem cumpridas. Foi aí que eu descobri que esse povo sempre guardado e murcho também podia se oferecer e desabrochar, desde que uma coisa boa acontecesse. Então é como o senhor me disse uma vez, seu Chico meu pai. E é como lhe digo agora: o que é do homem o bicho não come. Se eu morrer desta vez vou nascer de novo, nem que seja para cuspir na cara dos que estão me matando.

— Gil, meu filho.

Conversa encabulada, cheia de atalhos. Foi sempre assim que conversou com o seu pai. Desviavam-se. Atrapalhavam-se. Por que teve de ser sempre assim? Diga lá, mestre. Conte tudo. Diga aí. É muito bom ouvir isso. Diga de novo: meu filho. E eu lhe respondo: meu pai. E a voz de mamãe chegará até aqui: tal filho, tal pai. E os meus irmãos: se o pai foi um fodido, o filho é um fodido e meio. E eu digo: mas para o pai a guerra acabou. Ele já morreu. E o senhor consertará: você sempre viveu nas nuvens. É um sonhador. Bote os pés no chão. E eu me defendo: foi o que eu fiz, desde que o senhor morreu. Botei os pés na estrada. Por isso dei muita topada. Por isso sonhei muito, voei muito. Para esquecer a dor. Aí o senhor me responde: pedra que rola não dá topada. E eu lhe digo: pedra parada não vai para a frente. E o senhor: pense em sua mãe e sua irmã. Você é um pai para elas. Enquanto declamo, no meu violão: *quem pagará o enterro e as flores, se eu me morrer de amores?* Você tem muitos amigos de Norte a Sul (continuará o senhor). Não precisa se sentir assim tão só. E eu continuarei: *quem dentre amigos tão amigo, para estar no caixão comigo?* E o senhor: pense nos seus irmãos. Eles vão ficar muito tristes, muito chocados. Vai ser um luto eterno. E eu: de luto vivemos todos nós, desde que nascemos. E o senhor: não diga bobagem. Você foi sempre o mais alegre. E eu: alegres estão eles, que estão cada vez mais ricos. E o senhor: riqueza não traz felicidade. E eu: isso é conversa para enganar trouxa. Aí o senhor ficará calado, muito pensativo. E pensará: será que morri sem ter aprendido tudo? E depois de um longo momento sem palavras, o senhor procurará abrigo no passado, onde tudo era mais seguro e mais tranqüilo e o futuro era só uma promessa e não um amontoado de desastres. Ah, o passado. Que pena, já passou.

— Gil, meu filho. Estou vendo você atravessando a praça, orgulhoso e compenetrado. Você ia na frente, porque era o maior de todos. Levava a bandeira do Brasil em suas mãos. Menino, como você estava bonito. Com aquelas calças de gorgorão azul-marinho, aquela camisa de cambraia branca e aquela fita verde e amarela atravessada por todo o seu peito, você parecia um general. Você olhava para a frente, olhava de cima. O povo batia em meu ombro e dizia: — Esse menino vai longe, seu Chico. Você com uma fita no peito, uma bandeira nas mãos e olhando para a frente. E eu cá com o meu orgulho no peito, só vendo você levantar a poeira, na parada de sete de setembro. Ouvi você recitar, a plenos pulmões, na sua voz esganiçada de menino: — Sinto em mim o borbulhar do gênio. Ouço ao longe um futuro radiante. Vi você cantar: — Lábios que eu beijei, mãos que eu afaguei...

— Eu estava mesmo era morrendo de vergonha daqueles sapatões de sola de pneu que o senhor me deu, seu Chico, tão grandões que pareciam maiores do que eu. Vergonha dos meus próprios pés, sabe o que é isso? Ainda hoje eu sinto essa vergonha, seu Chico. Sabe o que é ter de calçar quarenta e quatro? Uma lástima, uma desgraça. Ter de bater em trezentas e sessenta e cinco sapatarias, sem contar os anos bissextos: — Tem sapato quarenta e quatro? Não tem não senhor, responde uma voz por trás de um sorriso idiota. Cochichos. Mangação. Que porra. Meus pés estão inchados, seu Chico, de tanto calçar sapato apertado. Me dê licença. Preciso ir andando assim mesmo.

Avança um passo e chega a uma cidade. Ele, sua mãe — sempre de luto — e sua irmã. Agora são só três pessoas, mas já foram oito. Um pai morto, uma irmã morta e três irmãos que se bandearam desde cedo para o Sul e nunca mais apareceram. Já nem se lembram de como eles são, que caras têm, como eles falam. Isto é, a mãe e a irmã não se lembram, porque ele, Gil, já os esteve catando, um a um, numa viagem que demorou um século e da qual por pouco não levava um sumiço e para sempre. Parece um mal de família, esse destino de viver zanzando, pensa sua mãe, uma mulher serena demais para que se saiba que ela passa as noites acordada, rezando.

A bem dizer só lhe restou a filha, que lhe ajuda muito e não lhe dá trabalho, nem namorado firme ela tem ainda e também não se queixa disso nem de nada no mundo, nisto puxou à mãe: ninguém nunca ouviu uma queixa escapar de sua boca. Também havia Gil, sempre indo mas também sempre vindo, Deus seja louvado. E ela, a sua mãe, sempre dizia: tomara que desta vez seja para ficar. Ele é o chefe, o homem da casa. O chefe é ela, pensa Gil. Não tenho tempo nem para isso.

E aqui, na cidade iluminada, cheia de novidades, alugaram uma casinha branca, logo na entrada. Uma casa ainda cheirando a cal e tinta, mas ainda sem luz, o que não importava, porque não haviam se esquecido de trazer os seus candeeiros. Uma casa sem água encanada, o que também não importava: estavam acostumados a viver sem esses luxos. Aqui Gil ia comandar a vida da casa e daqui comandaria a vida dos trabalhadores que deixara lá para trás, esfolando-se ao sol e à chuva para desmatar quarenta quilômetros e fazer um talho na terra que os incluiria a todos, e de uma vez para sempre, no mapa do Estado da Bahia. Eram só quarenta quilômetros, uma nesga, um fiapo, melhor dizendo: um atalho. Mas era a estrada, o ponto final de um confinamento, a nova passarela para os políticos em vésperas de eleição, para sacos de feijão, arrobas de fumo, gado e gente: a última passarela dos paus-de-arara. E o pai da estrada estava na cidade mais adiante, estava grudado nos correios e telégrafos, aquartelado na central telefônica, de onde iria lançar seus canhões contra a burocracia da máquina estadual. Gil ainda não sabia: ele veio para esperar um dinheiro que nunca ia chegar.

Ele também não sabia que aqui iria ter dois empregos, um de manhã, outro de tarde. Que ia pagar todas as velhas dívidas, ou quase todas, ia fazer novas dívidas e ia ter uma nova paixão e iria se arruinar. E como, por enquanto, não sabe nada disto, caminha para o correio e despacha os seus torpedos:

— Preciso de um trator.

— Uma dúzia de pás.

— Duas dúzias de picaretas.

— Serras, facão, machados.

— Britadeiras.

— Carrinhos de mão.

— Dinheiro.

E nada. E ele zanza, para cima e para baixo. E descobre a cidade. Tenta se anunciar. Passou por aqui muitas vezes, na sua vida de sobe e desce havia cruzado muitas vezes por estas ruas, mas não era a mesma coisa. A cidade era bonita, tinha seus buracos mas era calçada e bonita. E o dinheiro, Gil? E o trator e as picaretas e todo o resto? Ele se inquieta, se aborrece. E zanza. Como um vida-torta.

Parecia até um desperdício, esta cidade: tanta árvore, tanta fronde, tanta franja, tanta flor a derramar-se sobre os alegres portões ensolarados que não escondiam a estupidez de honestos ferroviários que comem e cagam e fazem filhos e morrem no fiado, iguaizinhos aos bêbados do petróleo, essa horda fedida e barulhenta que chegava de noite estourando gasolina, detonando dinheiro e enchendo a cara, e depois caía na cama até a hora da buzina, levantar, lavar a cara e seguir para o campo do petróleo e uma vez na vida toma banho, uma vez na vida tem uma folga, troca os trapos e segue atrás do trio elétrico, crente que a vida é boa, pelo menos uma vez por ano.

O viajante que passa apressado não sabe de nada e esta é a cidade dos viajantes que passam apressados. É preciso viver aqui. Por trás dos balcões comerciantes decentes constroem em sonhos, metros de pano, litros de farinha, quilos de açúcar e nacos de carne o destino de seus filhos. São outros estúpidos que matam por nada e se matam por nada. Basta que se lhes diga: — Estão roubando sua loja, seu Valdemar. Saquearam o seu armazém, seu Joaquim. Vão furtar o seu armarinho, seu João. E lá vão eles, atirando a esmo e oferecendo o peito para uma bala, a barriga para uma facada. A tanta estupidez se deu um nome: Princesinha do Sertão. E essa estranha e bela e estúpida princesa cresce e se espalha e grassa pelas pontas como uma erva endiabrada. É gente que vem de toda parte, gente que desentoca de obscuros matagais e aqui desova às ninhadas o futuro estoque humano para os trilhos da Viação Ferroviária Leste Brasileiro e para o asfalto da estrada federal. Gil chegou aqui para esperar e continua à espera, todas as noites, às nove em ponto, do trem de luxo chamado *Marta Rocha*, bonito por dentro e por fora, como a miss Brasil do seu nome, e que traz os comerciantes e suas filhas, as moças bonitas que vêm da capital. E ele lê os jornais e zanza. E descobre que outras moças bonitas também chegavam à cidade, saindo em bando às cinco da tarde do colégio das freiras — parecia até que todas as moças bonitas estudavam no colégio das freiras — lá onde sua irmã estudava, na praça que se chamava Rui Barbosa, onde um macaco engaiolado comia banana e batia punheta, enquanto Gil se prometia uma moça bonita do Colégio das Freiras, enquanto te encaminhavas para um rabo-de-saia negro e fogoso e que não te cobrava nada, não te exigia nada, no pátio enlameado por trás do mercado da farinha, num tempo em que não tinhas dinheiro para uma noite no brega, no tempo ardente da tua iniciação.

Não pergunte como ele as conseguiu. Mas as conseguiu. Nem uma nem duas: três e até mais. E todas moças bonitas do Colégio das Freiras. Num rasgo de megalomania, chegou a pensar: não é a cidade que ilumina a roça. É a roça que ilumina a cidade. Somos gente do sol e da chuva, da lua e do vento. Sabemos bater perna, sabemos andar. De onde veio Castro Alves? De onde veio Jorge Amado? E Juscelino Kubitschek de Oliveira, não é por acaso um médico da roça? E Lampião? E Padre Cícero? Cidade só dá doutor, comerciante e delinqüente. Uma boa bosta. A esta altura Gil já estava discutindo a sua tese com o juiz, que lhe pediu para deixar por menos. Não era bem assim. — A roça entulha a cidade, Gil. De doutores, comerciantes e delinqüentes. E o juiz era um grande homem e tinha nascido numa cidade e estava lhe ensinando muitas coisas: o que havia mesmo, Gil, é que este é um país trocado, cada macaco fora do seu galho. Como ele próprio, que tinha nascido num lugar e tinha que viver em outro. Como ele, Gil, que era poeta e tinha que ser juiz para ir ganhando a vida. As coisas eram mais complicadas. — É verdade, doutor. E se a gente começa a falar muito disso, daqui a pouco vão dizer que somos comunistas. E o juiz: — E vamos para a cadeia, o que é ainda pior. O juiz sorriu e achou que Gil era um homem muito inteligente e o convidou para sócio do Lyons Clube e o apresentou a tanta gente que Gil já estava ficando tonto. E assim ele ia se apresentando: ex-candidato a prefeito, derrotado. Por 13 votos. Futuro candidato a prefeito, para ganhar. Construtor de estradas. E o dinheiro, Gil? E o trator e as picaretas? Não vinham. Que porra. Os da capital pensam que os da roça têm é que pastar. São uns bons filhos da puta.

Foi então que a Princesinha se engalanou: ia haver a festa da laranja, no Colégio das Freiras. A Princesinha era a dona de todas as laranjas da Bahia, então você não sabia? Como não saber: toda a cidade cheira a laranja. Estão caindo de podre dos pés, ninguém compra uma, como não saber? Gil veste o seu melhor terno (tinha três) e comparece, de braços dados com a sua irmã. E sua irmã lhe diz: — Puxa, como estão te olhando. — E ele lhe diz: — Puxa, e aqui é difícil escolher. É como as laranjas. Estão caindo dos pés.

E no sábado seguinte um cronista social advertiu: há gente demais por aqui. Gil leu isso e riu. E ele não sabe que estou namorando a mais linda moça da cidade. É só pagar umas bebidinhas para este sujeito que ele se acalma. Gil sabia viver.

Saber viver é fazer trampolinagens para nunca pegar no pesado, Gil? Ora, cada um vive como pode. Cada qual segue a sua sina. E eu estou pegando no pesado. Vocês todos, que estão aí passando pela estrada, podem olhar e ver à vontade.

É quase meio-dia e sua irmã se prepara. Está na hora de ir para o colégio. Gil, nu da cintura para cima, suando como um bode, puxa água da cisterna. — Eta trabalhinho do cão. — Já tem as mãos cheias de calos: todo dia é a mesma coisa, o mesmo trabalho. Você é o homem da casa, rapaz. Pelo menos puxe a água.

Vamos, jogue o balde pela cisterna abaixo. Veja: ele desce rápido e sozinho. Descer é fácil, todo santo ajuda. Subir é que é mais difícil — você tem que suar muito. Depressa, Gil, já é meio-dia. Sua irmã não pode se atrasar.

Ele leva o primeiro balde, sobe a escada com o balde nas mãos e despeja a água no tanque do banheiro. — Pode começar o seu banho, moça — grita lá para dentro.

— Já estou indo, Gil. Obrigada, Gil.

E Gil volta para puxar mais água. Pensa: se você estivesse em São Paulo, junto com seus irmãos, pelo menos não estava aqui agora, puxando água.

Eu não podia viver num lugar que não entende nada de geografia. O tempo todo queriam me provar que os estados do Brasil são só dois: São Paulo e Bahia. A Bahia é o resto, a cloaca. O pau-de-arara.

Mas seus irmãos estão muito bem de vida lá. Você não está. Por que não ficou com eles?

Porque não sou otário. Trabalhar vinte e quatro horas por dia, morrendo de frio e de fome, só para juntar uns trocados debaixo do colchão e depois aparecer por aqui falando enrolado e com pinta de rico? Ou fazer como o meu irmão Zezito? Saiu da roça para se embrenhar numa roça ainda pior, na fronteira do Paraná, no cu da perua, lá onde o vento faz a curva. — Neste frio desgraçado, eu tinha que dormir todas as noites numa cama de vara, ao relento. Não sei como não morri — ele ainda teve a coragem de me contar. — Era pior do que lá, rapaz. Muito pior. Pensando: mas hoje ele está rico, porra. Pensa: de que adianta? Passou os melhores anos de sua vida se matando. Como todos os outros. Os que deram um rombo no estômago, de tanto comer pão com goiabada. Os que cortaram os dedos, os que cortaram as mãos, os que cortaram os braços nas máquinas. Os que cortaram as tripas dentro das fábricas. Todos os que se foderam e todos os que estão se fodendo. Pensando: é capaz que você se ache melhor do que os outros, o porreta. Mas pelo menos você tentou? Pensa: nasci para político, ora. Essa é a minha vocação. Não é profissão. Como é que eu ia explicar isso pra eles? Iam rir na minha cara. Quem sabe chamassem a polícia?

Batem palmas lá fora. Tomara que seja o correio, com uma boa nova da capital. E um bilhete perfumado da sua mais nova namorada. Não era.

— O que é que houve, seu Agenor. O senhor por aqui?

— A situação está feia, Gil. Você precisa ir lá, correndo — diz o feitor da estrada.

— É o diabo, seu Agenor. Posso imaginar do que se trata. Os sem-vergonhas do Governo estão nos sabotando. Não mandam dinheiro, não mandam as máquinas, não mandam nada. Isto é só porque perdi a eleição e estou por baixo. Vai ver esse prefeito está ajudando na sabotagem.

— Os homens pararam, Gil. Cruzaram os braços. Estão passando fome e de barriga vazia ninguém trabalha.

— Eu não tenho nem como ir lá, seu Agenor. E que adianta ir lá só com conversa? Eles precisam é do pagamento, o senhor sabe.

— Eu vim no jipe da prefeitura e o prefeito se ofereceu para levar você, se você quiser. Ele disse: Gil precisa saber que eu gosto muito dele, não tenho nada contra ele. Somos inimigos só na política. Estou disposto a ajudar, no que puder. Diga isso a Gil, seu Agenor. Ele estava falando a sério, Gil. Era de coração.

— Diga a ele que eu agradeço muito sua consideração. Me faça esse favor. Mas não posso ir. Não adianta.

— E como é que fica, Gil? Como é que ficamos?

— Já sei o que vou fazer. Vou a Salvador agorinha mesmo. E só volto de lá com o dinheiro. Diga isso para os homens, seu Agenor. Peça um pouquinho de paciência. E já que o jipe da prefeitura vai levar o senhor de volta, aproveite e vá até a rua e compre comida para todo mundo. Compre tudo na venda de Zeca Lopes e mande ele botar na minha conta.

— Está bem, Gil. Já que o jeito é esse... Mas não demore muito, não, senão não tem estrada.

Senão não tem estrada? Danou-se: vai ter que ter. Nem que eu assalte um banco. Ou cague dinheiro.

Não é só porque depois de uma eleição vem outra eleição, Gil. O caso é mais sério. É uma questão pessoal. Você empenhou sua palavra.

E ele chega à capital:

— Assim vamos todos pro brejo, deputado. Assim ficamos todos desmoralizados.

— O que é que você manda, amigo? Venha de lá este abraço. Tudo bem com você?

— E o dinheiro, doutor?

— Não estou entendendo, amigo. Que dinheiro?

— O dinheiro da estrada. Os trabalhadores cruzaram os braços.

— Que estrada, amigo? Continuo sem entender.

— A estrada da Malhada da Pedra, da minha terra.

— Não estou sabendo de nada. Juro para você.

— O senhor prometeu nos ajudar, deputado. Não se lembra?

— Vai ser difícil fazer alguma coisa, amigo. Nós perdemos. Você sabe.

— Perdemos o Governo mas fizemos maioria na Assembléia. Inclusive o senhor foi o mais votado.

— Não na sua terra, amigo. Lá tive pouco mais de vinte votos.

Gil pensa: é numa hora destas que a gente estoura os miolos de um sacana e depois ninguém entende por quê.

— O lugar é pequeno, doutor. O senhor já sabia disso, quando esteve lá.

— Mas convenhamos, meu caro. Foi uma votação ridícula.

— O senhor já sabia disso — ele insiste, sem recuar.

E o deputado (falando de pai para filho):

— Se eu fosse você evitava chateações e parava de pensar nesta estrada, por ora. É verdade que estão abrindo muitas rodagens por aí, mas é na região do petróleo, na região do cacau, em zonas de alta produção. Sejamos realistas, amigo. O que é que a sua terra produz? Trinta sacos de feijão? Vinte arrobas de fumo? Cinqüenta quilos de couro?

— E muitos braços, deputado. Para as fazendas de cacau, para os campos de petróleo, para as fábricas da Bahia, do Rio e de São Paulo. Produz cobradores de ônibus, engraxates, ladrões de galinha, soldados de polícia, batedores de carteira, poetas, guardas civis, traficantes, padres, freiras, presidentes, marinheiros, jornalistas, advogados, generais, engenheiros, gerentes, balconistas, putas, viados, professoras, deputados, senadores, dentistas, cantadores de feira, tudo o que este país quiser. Porra, estou pedindo só quarenta miseráveis quilômetros de cascalho. Imagine se eu estivesse querendo um quilômetro de asfalto. Com certeza vocês iam me trancafiar num manicômio. Ou me metiam na cadeia.

— Tenha calma, amigo. Não adianta se desesperar. Vou ver o que eu posso fazer por você, em que posso lhe ajudar. Me telefone a semana que vem, tá?

E Gil nem ouviu o resto, porque bateu a porta e voou escada abaixo, feito um alucinado.

— Foi um prazer vê-lo por aqui, amigo. Lembranças à boa gente da sua terra — disse o deputado estadual, o mais votado da Bahia.

Vou encher a cara, Gil pensou, já enchendo a cara, de pé, no balcão mais sórdido da capital. Vou tomar uma decisão de homem, pensou, tomando a segunda cachaça. De homem, não. De macho, pensou, tomando a terceira cachaça. Entrou num ônibus para a rodoviária e da rodoviária tomou um ônibus para casa e em casa pediu mais dinheiro emprestado à sua mãe e com o dinheiro emprestado (vinha de São Paulo, como sempre) foi para o posto de gasolina e ficou lá, à espera. E como não apareceu nenhum transporte para os seus lados ele voltou para casa e dormiu. No dia seguinte retornou ao posto de gasolina e ficou esperando, outra vez. Até que apareceu uma caçamba, ele entrou na boléia e sumiu no mundo. Saltou no asfalto e andou a pé por dentro do mato. E lá estavam os homens. Trabalhando.

— Vamos parar — ele disse. — Pára tudo. Ninguém faz nada enquanto o dinheiro não sair.

— E se o dinheiro não sair nunca mais? Como é que vai ser?

— Pago a vocês do meu bolso.

— E quando é que vamos saber?

— Não sei ainda. Vamos dar um prazo. Digamos assim: um mês.

— E se no fim de um mês o dinheiro não vier, quando é que você nos paga?

— Também não sei. Tudo o que eu peço é que vocês confiem em mim. Vou pagar a todos. O mais rápido que eu puder.

— Mas não temos mais nada para comer. O que o seu Agenor trouxe da rua não deu para nada.

— Peçam a Zeca Lopes para dar mais o que comer a vocês. Digam a ele para botar na minha conta. E tomem umas cachaças — disse Gil, metendo a mão no bolso e entregando-lhes todo o dinheiro que havia pedido à sua mãe. — Até a volta. Espero não demorar muito.

Foi andando para o asfalto, sem olhar para trás. Ia sentar-se na beira da estrada, com a cabeça entre as mãos e os ouvidos à escuta do ronco de um motor. Agora ia esperar uma carona.

Tinha os pés no asfalto e o traseiro sobre o seu próprio sonho, a boca do mato na qual queria abrir uma clareira trafegável que trouxesse a sua terra até à via principal — uma via de mão dupla, subindo e descendo, descendo e subindo. Seu braço esquerdo dava para um mundo lascado e velho, ralo e solitário, mirrado e brabo: Paiaiá, Nova Olinda, Nova Soure, Tucano, Pombal, Cipó, Euclides da Cunha, Jeremoabo, Paulo Afonso, Sergipe, Alagoas. Seu braço direito abria as portas da capital. Nas suas costas estava o seu buraco de sempre, da vida inteira, rançoso como um porco no chiqueiro. Malhada da Pedra, quem come miséria não caga nem merda.

A sua cara dava com os burros n'água — Gil estava sentado sobre o entroncamento que ele próprio inventou. Pensa: e estes infelizes que ainda vão ter que caminhar mais de seis léguas, a pé. E de barriga vazia. Só por isso podiam ter me comido vivo. Cheios de razão.

E ele se cansa e se levanta e anda de um lado para o outro e se cansa, volta a sentar-se e se cansa e se levanta e ergue o braço para o carro que passa e finge que não o vê, e anda para lá e para cá, ciscando no asfalto como uma galinha choca, sem um único grão de milho como consolo, nem uma última guimba, uma velha bagana, a noite chegando, acabou de chegar, com todo o seu peso, seu destino prescrito e irremediável, a noite, Gil, já é de noite, os faróis estão passando e você está ficando, com fome, sede, frio e medo. E ele está cansado. Tira os sapatos, pendura-os no pescoço e se benze. Uns quatro ou seis quilômetros. Há uma cidade logo ali, é só seguir em frente. Que sejam mil quilômetros — é logo ali. Você conhece o caminho, rapaz. Tanto quanto a sola dos seus pés. E Gil se vai. Batendo perna.

Aonde vais tu, esbelto infante, nesta batida estuporada, cavaleiro andante de torna-viagem, e sempre encalhando em algum lugar?

— Vou me encontrar com Deus e com o Diabo. Vou botar os dois de mãos dadas, vou fazer esses dois cabras safados dançarem um forró, três dias e três noites, sem parar. A um vou dizer que se dane e enfie o seu tão almejado Céu onde melhor lhe fizer agrado e proveito. Ao outro, digo que faça o mesmo com o seu tão badalado Inferno. Deus me deu a pátria, o Diabo me deu a angústia. Que mais eu poderia desejar?

— Sente-se, Gil. Se acalme. Você está muito nervoso. Pelo visto você não fez uma boa viagem.

Ele ronda os olhos pela casa do Bispo, enquanto deixa seu corpo desabar numa poltrona, obediente e conformado. Aqui não é como no seu quartinho do Hotel Rex, onde dispõe apenas de uma cama de molas estreita, que quase não lhe cabe, e de uma pequena mesa cheia de remédios, bulas, uma moringa com água e um copo para tomar os remédios. E uma cadeira. Pequena. Dura. Aqui há conforto. Um bom lugar para... Gil quer afastar a palavra da sua cabeça, a última palavra, insistente, persistente, teimosa. O seu segredo. Não o confessará ao Bispo, não deixará que a palavra lhe escape, nem que o Bispo a decifre dentro de seus olhos aguados. — Um bom lugar para morrer. Agora ele já sabe que é inútil deixar de pensar nisso. Seus olhos continuam rondando pela casa, procuram uma resposta: — Bebe-se ou não se bebe nesta casa? Uma só pergunta, para esquecer as outras. A viagem? Ah, sim, Dom Luís, a viagem. Nem lhe conto. A política? Muita confusão, Dom Luís, muita encrenca, um pau de marimbondo. Minha cabeça? Isso o senhor não perguntou, Dom Luís, portanto não respondo. Meu coração? Arrochado, Dom Luís, atochado, mais do que cabeça de prego debaixo do martelo. Isso eu lhe respondo, mesmo sem o senhor ter me perguntado. E o resto? Girando, Dom Luís, girando, no compasso de um motor que afrouxou os parafusos.

Mas se havia a falta de coragem para abrir a boca e dizer o que quer que fosse, também havia a falta de necessidade de abrir a boca para dizer o que quer que fosse Havia a poltrona e seu corpo arriado nela. E havia o Bispo, o seu amigo: um porto seguro. Gil fechou os olhos e adormeceu. Estava bêbado demais. Pior: estava com a cara surrada de quem bebeu dias seguidos, um atrás do outro, sem uma única trégua, nem para comer ou dormir.

— Impressionante — poderia estar pensando Dom Luís.

— Ele nunca fez isso antes. Pelo menos que fosse do meu conhecimento. O que estará se passando com este rapaz? E Gil responde, de olhos fechados: — O pior, Dom Luís, é que bebida não mata. Bebi de tudo, misturei de tudo. Pode ter certeza disto: bebida não mata.

— Você precisa é dormir. Mas dormir direito — disse o Bispo, tocando com a mão na cabeça de Gil. Venha para a cama. Eu levo você ao quarto.

— Não se preocupe comigo, Dom Luís — Gil abre os olhos e fica olhando para o Bispo, que está de pé, curvado na poltrona, e ele está ali, de pé, curvando-se na poltrona, por sua causa, Gil, para tentar fazer você se levantar daqui e ir para um quarto, você precisa dormir, Gil, mas dormir direito. Gil olha para o Bispo, Gil não tira os olhos do Bispo: o que será que ele está querendo dizer agora? Dom Luís está vendo, o Bispo já sabe: Gil está chorando.

Você só viveu isso antes uma única vez, Gil, em toda a sua vida de homem. E você já sabe como isso é ruim. É como se você estivesse se derretendo todo, por dentro. Por dentro e por fora, porque sua cara já não consegue segurar esse choro entrecortado de soluços, o choro roto de um mendigo bêbado ou de uma criança abandonada.

Poltrona. Pachorra. Paz. Pai.
Casa. Carinho. Corredores. Cama.
Camaradagem.
Falas. Família. Faltas. Fêmea.
Filhos.
Mesa. Mulher.
Mãe.

Dom Luís preocupado pobres escorraçados terras inundadas barragens Rio São Francisco empresas governo excomungam Dom Luís miseráveis esfarrapados porta Dom Luís prato comida socorro senhor Deus não nos ouve eu esfarrapado escorraçado bêbado varrido desmaio casa Dom Luís socorro Dom Luís pega meu braço me levanta sigo deriva seu corredor pros fundos casa você precisa dormir acorda são salvo lépido fagueiro Deus lhe pague Dom Luís sigo ancorado escorado não se preocupe Dom Luís vou sozinho sei andar sua noiva Gil preocupada sumiço seu eu sei não tive coragem ver noiva outra vez contrariedades nunca mais falei casamento morar pai e mãe dela não quero dinheiro dívidas tudo acabado liquidado então ela veio falar senhor falar de mim falou fé esperança Deus religião ótima moça bonita que pena bonita só por dentro amei todas outras antes hoje casadas marido filhos casa comida Dom Luís me deita cama empurra cabeça travesseiro fecha cortina janela não se preocupe favor não se preocupe escuro durma obrigado

Pelo amor Deus Dom Luís fique comigo conto mais um pouco Dom Luís não ouve porta fechada quero falar Igreja tomou tudo povo galinha feijão farinha carneiro bezerra festa padroeira povo mochila nas costas meninos pescoço padre rouba tudo compra carro larga batina rouba mulher vem outro toma tudo eu vi menino roça pobreza lugar pequeno tabaréus ignorância exploração Igreja Dom Luís devolva tudo povo abandonado barragens empresa governo poderosos cinco séculos atraso ignorância pobreza miséria Dom Luís Igreja não pode salvar ninguém eternidade salvar aqui Terra Brasil banditismo baderna burocracia bancarrota safadeza bebida mata Dom Luís agora sei tomara tudo seja sonho ruim amanhã acordo são salvo lépido fagueiro quero cantar dançar tocar viola violão pandeiro vida mulher amigos política vitórias zabumba aboio foguetes dançar farrear gozar pular gritar viva alegria vida não se morre mais pagode licores moças bonitas trabalho decência tenho direito tudo eu você o senhor

Volte Dom Luís converse comigo fique um pouco ouça juiz daqui não presta superintendente porto faz gato-sapato pobres abandonados demitidos recebem metade eu sei sou secretário Justiça Trabalho senhor sabe amanhã levo bala costas dei desfalque sim senhor ajudar Zito meu amigo irmão faltam três dias eleição Zito prefeito coisas melhoram naquele buraco longe longe tenho de ir não posso bêbado assim não dirijo carro estrada pedras buracos bancos areia tudo difícil aqui melhor morrer não acordar vida alegria me chame depressa abra porta claridade onde estou céu inferno purgatório igreja hotel hospital onde estou sonho ruim demora acabar onde estou

Dom Luís duas casas cidade campo inveja Dom Luís duas casas paz sossego bens bem feito mamãe queria eu padre batina deixei seminário podia ter casa paz bens Deus perdoe pensamentos ruins sonho ruim me queimo todo dentro tripas queimando sinto labaredas tudo ardendo como homem roça pegando fogo homem incendiado trouxeram lá Princesinha Alagoinhas cidade perto capital homem pegando fogo jogaram minhas mãos toma salva ele corri hospital homem pegava fogo gemendo gritando espumando eu carro correndo hospital conta homem morrendo enterro despesas todo dia homem mulher menino roça morrendo sofrendo minhas mãos eu pagando médico hospital remédio rombo casa comercial firma grande futuro sogro eu gerente apaixonado filha ia casar casa mobília família amigos festa alegria futuro sogro atira não mata bala pega meu irmão capangas destroem casa mamãe eu fugido mesmo instante irmão gemendo demora hospital irmã chorando mamãe chorando pânico agonia encrenca medo

Vida de cão danado escorraçado banido sem terra teto pão quero voltar São Paulo ver meus irmãos saltar de novo Assis engano pensando Porto Epitácio ônibus largando eu mijando escuro perguntando posto gasolina esperando dia amanhecer sentado beira estrada sol nascendo pensando sol nasce Bahia onde fica Bahia sol nasce lá morre Mato Grosso eu sentado caminho enviesado frio gelado queixo batendo onde fica Bahia cadê meu irmão longe longe Mato Grosso além Rio Paraná fim de mundo eu vinte anos mala pequena roupa leve meu pai morreu levo notícia carona caminhão carroçaria tambores óleos chove minha cara melada azeitada

Vida de cão vagabundo durmo barracão Brasília cinco noites quero falar Ministro por favor senhor nasceu Bahia teve meus votos deputado federal senador prometeu estrada posto médico escola trator volto trocados bolso passagem avião mãos abanando

Vida de cão enxotado Rio de Janeiro Copacabana Tijuca dias noites porta prédio esperando moça sair ordens pai ela não pode me ver eu apaixonado moça princesinha Alagoinhas Bahia juras amor apagadas só memória beleza amor paixão lembrança minhas tripas queimando coração batendo marteladas quero ver moça namorada Alagoinhas Bahia porteiro chama polícia eu perseguido fugido fugindo fugindo

Poltrona, poder, patrão.

Pobre não senta.

Casa, correntes, cães.

Pobre não entra.

A de alcoólatra. Ajuda. Amigo.

B: bunda, boceta, bacana, burguês, babaca. B de bandido.

C de comida. Copa. Copo. Corpo. Conta. Conflito. Cadeia. Carrasco.

D: Dia, dado, danado, duro. Doido.

E de eu, era.

F: Força. Futebol. Fortuna. Fracasso.

G de Gênio. General.

H de hoje. Homem. Herói.

I: Ilusão.

J: Joaquim. José. Joaquim José.

L de Loucura. Lucidez.

M de mulher.

N de Não. Not. No.

O: Ora-pro-nóbis.

P: Pátria. Pária. Pobreza. Puta. Prisão. Porra. Presidente. Patente. Peido. Perdão. Paciência. Pai.

Q de querer. Quimera.

R de raiz. Raça. Roubo. Rock'n'roll.

S de sim. Sim, senhor. Saco.

T: Tara. Tesão.

U de urna. Urra. Ui.

V: Você.
X de xadrez. Xilindró.
Z de zorra. Z de zona.
A de adormecer.

(Adormece.)

Boca de forno, forno. Crianças. Cirandas. Priminhas. Priminhos. Santo Antônio, São José, São Pedro. Bananeira fincada na porta. Fogueira. Cana assada. Licor de jenipapo. Canjica. Pamonha. Chuvinha, fósforos de cor, foguetinhos, foguetões, foguetes de lágrimas. Céu colorido, chuviscos de junho. Terreiros. Quintais. Crianças de mãos dadas, felizes, cantando uma cantiga que ainda ia ser inventada. Bola de meia. Dedão machucado. Manga-espada, mangarola, manga-rosa. Sombras. Gado na sombra. A paciência do gado. A claridade dos domingos, o banho dos domingos, a limpeza dos domingos. Cafuné de mãe, de tia, de prima. O dengo. Um jegue chamado Carrapicho. Uma jega chamada Bernadete. Jericó. Lapinha. Festa de Reis. Arrasta-pé. Sanfona. Violão. Bate-coxa. Um menino na rede. Se balançando. Cantando. O mundo subindo e descendo, no balanço da rede. Sensação de voar, pelo mundo sem fim. Mundo azul, debaixo do céu. Mundo verde, por cima da mata. Mundo branco, por dentro das nuvens. Vontade de bater asas, como um avião.

— Chô, passarinho. Avoa, menino, avoa.

Uma porta e quatro janelas abertas para o mundo que sobe e desce num bater de asas, esse mundo de todas as cores, tão bonito quanto o vaivém de uma rede cheirando a roupa lavada, rangendo nos armadores que nunca se arrebentarão, porque foram pregados com firmeza nas paredes firmes de uma casa firme. Pode bater asas à vontade, menino. Ainda falta muito tempo para o mundo se arrebentar. E ele bate com a sola do pé na parede, empurra a rede para a frente, para o alto, para cima, para bem longe. Vai e vem. Sobe e desce. Cantando.

Os pecados mortais são só três: nascer, crescer e viver. Só lhe confesso um: ter nascido. Os outros não importam.

O pior pecado, Dom Luís: morrer.

A de amanhecer. Acordar.

Acorda.

No vácuo de uma vaga manhã, meio vivo, meio morto, abre os olhos e enxerga — sem orgulho ou tristeza — o mundo a seu alcance: uma parede encardida e um armário entregue às baratas. Estica o braço, sem pressa, e pega no fio do abajur na mesinha ao lado. Acende a luz e vê, agora com mais nitidez, a porta do banheiro, a dois passos da cama. Lembra-se vagamente de que dentro do banheiro há um vaso, para onde pode despejar todo o embrulho que traz no estômago e puxar a descarga. Há ainda um chuveiro — ou coisa parecida —, uma pia, com um copo, no qual deixou a escova de dentes. Devia haver também algo parecido com um espelho, mas é no copo que ele está pensando. Isto é um hotel, o pior do mundo. Isto é São Paulo. E isto é tudo — não mais do que a roupa do corpo, largada no chão, nos pés da cama, cuecas sujas, meias sujas, camisas surradas, um par de calças e o frio e a fome e o medo. Isso era tudo. Quem pagaria a diária do hotel? Já estava paga. Quem pagou? Um padre. Como descobriu esse padre? Melhor não lembrar.

Tenta mover o corpo — pesado de tantos pecados, castigado de tantas viagens — e ele não atende a seus desejos. Fecha os olhos. Talvez fosse melhor dormir para sempre, um dia atrás do outro, não acordar nunca mais, até que o dono dessa espelunca chame a polícia e arrombem a porta e o levem à força para uma solitária — o único reduto onde ainda se pode viver de graça. Por que eu não quis ser padre, mamãe? Pelo menos agora teria um lugar para cair morto.

Volta a mover-se, com força, mais força, toda a força do seu corpo. Com as mãos apoiadas no colchão, vai conseguindo se erguer, apesar da tremedeira dos braços, apesar do seu peso, apesar de tudo. Tem que conseguir. Primeiro, sentar-se. Depois, se levantar e se arrastar até o copo. Quebrar o copo. Usar um caco do copo: corta tão fundo quanto uma gilete.

Foi aí que ele ouviu uma criança chamando por outra criança, lá fora. Já meio sentado, e escorando-se em seus próprios braços, parou para escutá-la. Esta voz vinha de muito longe, vinha de mais de mil quilômetros. Seria por ele que estava chamando? Milagrosa voz: como o pio de um pássaro dentro de um forno siderúrgico, como um corte nos prédios altos da grande cidade. Então ele deixou o seu corpo desabar novamente na cama. E adormeceu.

— Quando acordei, Dom Luís, descobri que tinha chorado enquanto dormia. Acordei chorando.

Mais cedo ou mais tarde todos tinham que ir para lá, quem não sabia? O trabalho estava lá. O dinheiro estava lá. E lá estava ele: à procura de trabalho, dos irmãos e de todos os outros que vieram antes e que nunca iriam lhe negar um prato de comida, desde que o dinheiro chegasse para os muitos ônibus e trens que iam dar em suas malocas. Boa noite, São Paulo. Zão Zão Baulo.

Ele estava lá à procura de uma moça: Marília.

E agora, Marília, pisando o chão escuro de uma rua escura, num bairro escuro de uma cidade escura, em que o apito do guarda noturno ecoa como uma sinfonia desesperada a me encher de novos temores a cada passo, só me resta vaguear, na esperança de te encontrar na próxima esquina.

Tenho o corpo em suspenso, o coração em suspenso e preciso reencontrar o caminho de casa.

Sina de vagabundo é a vagabundagem. Vagabundeio.

Como consolo trago o cheiro do teu corpo no meu corpo, um cheiro que nunca mais será lavado.

Cheguei num dia de festa (que sorte), cheguei ainda a tempo de pegar as rebarbas do casamento do meu irmão, aquele mesmo que tem uma perna carimbada por teu pai, com um trinta-e-oito. Tudo me leva a ti, como vês. E me pergunto: será que tens coragem de entregar o teu corpo a outro?

As rádios daqui não tocam a nossa música, a que gostavas tanto de cantar e eu de te acompanhar no violão: — Amei tanto / que agora nem sei mais amar. Bonita profecia. Agora eu canto o resto da música (Vivi te buscando / Vivi te encontrando / Vivi te perdendo /Amor) enquanto enfio a mão no bolso e confiro os trocados que meu irmão meteu lá, trocados graúdos, assim espero, antes de partir para a sua lua-de-mel — para a sua vida — e me deixar na rua, onde ando na esperança de encontrar um táxi que me leve a teus braços, outra vez.

O mais difícil, Marília, é ter de acreditar que sucumbisse à força e à ira de um homem que tem tanta força só por ser teu pai.

Quantas vezes aninhei teu rosto nas conchas das minhas mãos e sussurrei um acalanto em teus ouvidos:
— Você é tão bonita.

Queria te dizer isso de novo. Deixa.

Meus pés são grandes, ainda te lembras? Quarenta e quatro. Mas meus passos não esmagam as ruas. São as ruas que machucam os meus pés. Aqui, posso virar presunto, como dizem os jornais, e ninguém ficará sabendo. Que diferença fará? Os capangas de teu pai (já tiveste uma noite de horrores?), quando me arrancaram do ônibus e me levaram para as areias do Cachorro Magro, não estavam querendo me carregar num andor. As areias do Cachorro Magro: antes, eu, tu, a lua. Depois: eu largado como um bode abatido a porrete.

Eu, você, nós dois.

Eu sem você.

Eu solto nas ruas. Prisioneiro das ruas. Vagando.

E eu me lembro, Marília, como se fosse agora. A última vez em que estive aqui foi com o teu pai. Viagem de negócios, compra e venda, compra para revenda. Bom hotel, boa comida, táxi para cima e para baixo. Ele pagando tudo — éramos quase sócios, não éramos? — e se dando por muito satisfeito. Às vezes se distraía e me chamava de "meu filho", principalmente por telefone, no hotel. Me chamava por tudo e por nada, me fazia as perguntas mais bobas do mundo, quase sempre na hora de dormir ou quando acordava. E eu achava uma glória.

Confiava em mim. Eu gostava dele. Dá para entender o que aconteceu?

Meus sapatos fazem muita zoada numa calçada estreita e indiferente. Por enquanto preciso apenas suportar o caminho, a distância e o efeito da festa do meu irmão. Se eu conseguir chegar são e salvo a uma cama, amanhã tento arrumar a vida. São Paulo vomita dinheiro pelos seus canos de descarga — não é isso o que pensa todo pau-de-arara?

Penso que em algum lugar, onde quer que te escondas, estarás ouvindo os meus pensamentos. Ouças: pior do que ter perdido o emprego na firma do teu pai, o emprego na Justiça do Trabalho, casa, mãe e irmã, tudo, foi ter te perdido. Se eu ganhar muito dinheiro e liquidar essa fatura, te terei de novo?

Gil agora está sentado na mesma poltrona que na noite de ontem lhe deu amparo. Está ainda com a roupa de ontem, mas o seu corpo é de hoje. Sente-se um pouco melhor, depois do banho, depois de ter esfregado a pasta nos dentes, com o dedo, e lavado a boca. Depois de ter bebido meio litro de água. Depois de ter engolido um copo de leite. O chuveiro frio pelo menos servira para tirar-lhe a poeira de um mau dia e de uma má noite, deu para tapear a ressaca. Mas e a contrariedade, o arrependimento, a vergonha, e esse gosto de cabo de guarda-chuva molhado na boca?

— Ontem à noite o senhor perguntou se eu não tinha feito uma boa viagem. E eu pensei, Dom Luís: qual delas? Tenho todas aqui — ele bate com a mão na cabeça. Respira pesadamente, sentindo o cansaço. Continua falando: — De São Paulo o que mais me lembro é das cartas que escrevi, porque não tinha com quem conversar. Não cheguei a botar nenhuma delas no papel, escrevi todas só na cabeça. Isto é, teve uma que foi feita de verdade, para a minha mãe. Mas nem esta eu cheguei a mandar. Continua até hoje no fundo da minha mala e de vez em quando eu dou uma lida nela, só para me lembrar de como eu estava me sentindo naquele dia. Que dia abençoado. Eu senti, Dom Luís, a mão de Deus pegando no meu ombro, com toda a sua força de Deus, para me arrancar da amurada do viaduto, onde eu já ia passando uma perna. Fui derrubado para o lado de dentro do viaduto e, com a queda, fiquei algum tempo atordoado. A mesma mão que me puxou para baixo me levantou do chão. Eu me ajeitei e fui andando, sem olhar para os lados, nem para a frente, nem para trás. Andava como um cego, sem ver nada no meio de tanta gente que ia e vinha, e foi às cegas que entrei numa igreja, me ajoelhei, me benzi e comecei a rezar. Agradecia a Deus por me ter salvo, pedia-lhe perdão pelo meu momento de fraqueza. No altar, havia uma mulher tocando órgão e eu tive muita vontade de perguntar a ela se eu podia tocar um pouquinho. Queria chegar perto e dizer: — Olhe, nas missas cantadas da igreja da minha terra quem tocava o órgão era eu. Isso já faz muito tempo mas eu agora gostaria de saber se ainda sei tocar um órgão. Ela não parava de tocar nem por um segundo e a música enchia toda a igreja, me deixava arrepiado. Eu me sentia dentro do céu, batendo minhas asas de pecador, em paz com o mundo, porque voltava a ter fé em alguma coisa. Chegou uma hora que eu não me agüentei e bati palmas, de pé. A mulher olhou para trás, sem tirar as mãos do teclado, e sua cara não era a de quem tinha gostado do meu aplauso. Parecia perguntar: — De onde veio este maluco? Envergonhado, fui andando devagarinho por dentro da igreja, pisando devagar, bem de leve, para não incomodá-la. Andei até à sacristia e lá encontrei um padre. E esse padre foi a outra mão de Deus, porque, depois de ouvir a minha história, ele botou um bocado de dinheiro no meu bolso. Comi todo esse dinheiro em poucos dias, com a mesma velocidade com que devorei antes o dinheiro do meu irmão. Dinheiro no bolso é como água na panela, Dom Luís: evapora num piscar de olhos.

Se é que existe um lado bom e um lado ruim naquilo que a gente viveu, digo que o bom é que sempre sobra um pouco de fé, um pouco de esperança e alguma caridade no fim de tudo, isto é, quando descobrimos que o pior ainda não passou. O ruim é que todos cobram isso de todos: o senhor me cobra, minha mãe me cobra, o povo me cobra e meu pai não fazia outra coisa. Pior ainda: ele parecia o tempo todo querer nos provar que era o próprio exemplo da fé, da esperança e da caridade. Os mais velhos sempre exigem isso dos mais novos e eu mesmo estou aqui para exigir isso do senhor. Pois bem: a caridade eu tenho praticado um pouco e nem sempre em proveito próprio. É uma espécie de obrigação, uma coisa a que se está condenado, de nascença, numa terra de desamparados. A gente joga um osso podre para um faminto e ele cai de joelhos aos nossos pés, lambe as nossas mãos. Joga-se o osso porque de qualquer forma é melhor isso do que ver um desgraçado morrendo na nossa cara. E ficamos bem com São Pedro — podemos até ganhar um sorriso dele, quando batermos à sua porta. Pesaremos menos na balança de São Miguel, porque teremos alguns bons descontos nos quilos do nosso fardo. Mas, e quando o faminto sou eu, como agora?

A esperança? Bem, por acaso tenho vivido de outra coisa? Amanhã será melhor, me digo e fico à espera de que numa bela manhã um milagre aconteça.

Quanto à fé, me ensinaram a ter muita: em Deus. Os homens não eram dignos o bastante para merecê-la. Um dia eu pensei: também sou um homem e neste caso também sou indigno. Nesse dia alguma coisa mudou: me enchi de dúvidas, o outro lado da fé.

Santa paciência tem este homem, Gil pensa, fazendo uma pausa para retomar o fôlego.

— Diga qualquer coisa, Dom Luís. Estou morrendo de vergonha. Falei demais e o senhor aí, calado, só escutando, como se estivesse diante de um idiota.

— Não, Gil. Você não é um idiota. Precisa apenas se acalmar.

— É isso mesmo, Dom Luís. Estou muito nervoso. Estou morrendo de medo. Sinto um apertão no meu peito, uma pressão nas veias, sinto um nó na garganta. Uma coisa muito ruim. Acho que é por isso que andei bebendo demais, para ver se me acalmava.

— Mas a bebida deixou você bem pior, não foi?

— O senhor tem razão, Dom Luís. Estou me sentindo um bagaço.

— Você é um homem de valor, Gil. Reaja.

— Mas como reagir, Dom Luís, se tudo me parece um caso perdido?

— É preciso ter fé, Gil.

— Em quê, Dom Luís? Em Deus?

— Sim, em Deus. Nos homens. Na vida. Em você mesmo.

— Mas como, Dom Luís? Olhe à sua volta: é tudo violência, destruição, miséria e morte. O senhor mesmo está ameaçado de morte, não está? Tem cabimento isso? Um pastor de Deus marcado para morrer como se fosse um criminoso comum?

— Tudo isso é transitório, Gil. As forças que hoje lutam contra o bem comum, e contra todos aqueles que desejam o bem comum, não são eternas.

— Desculpe lhe dizer, Dom Luís, mas a mim me parecem crônicas. A força passa de mão, mas está sempre nas mesmíssimas mãos. Aí aparece alguém como o senhor e bota a cara na janela e grita: "Chega!" E o que acontece? O senhor tem que tirar logo a cara da janela, para se livrar da bala que atiraram contra a sua cara. É ou não é assim?

— Não, Gil. Não tirei a minha cara da janela. Continuo fazendo o meu trabalho pastoral, continuo andando pelas ruas, visitando os desabrigados, dando-lhes assistência, espiritual e material.

— O senhor não tem medo de morrer?

— Claro que tenho. O medo da morte é natural para todo ser humano. Mas esse medo não pode ser uma intimidação para se deixar de viver.

— O senhor acredita em outra vida, depois desta?

— Sim, acredito.

— Então o senhor tem fé.

— Sim, tenho fé. Você também tem.

— Aí está a minha dúvida.

Almoçam juntos. Aqui (e pela primeira vez), Gil se sente em casa. Mesa farta, comida gostosa. Desentoxique-se. Desenvenene-se. Alimente-se. — Alô, mamãe! Ainda estou vivo. Estou comendo. Tinha na cabeça uma idéia diferente dos bispos. Deviam ser todos gordos, bonachões e um tanto efeminados — entes de palavras difíceis e meneios pavoneados. A verdade era outra, porque a verdade era Dom Luís, um homem tão próximo, tão simples: baixinho e magrinho, paciente e firme. Gente da gente. Bastava ver a mesa: feijão, farinha, quiabos, abóbora, carne-de-sol e surubim — peixe do Rio São Francisco. Peixe macio, sem espinhas. Se não fosse bispo, o que seria este Dom Luís? Um engraxate, um cobrador de ônibus, um chamador de bois, um ladrão de galinha, um batedor de carteira? Com sorte, um professor de Latim. Para não ter caído na vala comum, com toda certeza ele teve que estudar muito. E teve que ter muita fé em si mesmo. Será esse o segredo, Dom Luís? Fé e esforço, esforço e fé? E quando a cabeça fraqueja e a gente perde a fé?

Melhor seria comer simplesmente, sem pensar em mais nada. Gil come em silêncio, educadamente, como sua mãe lhe ensinou. Reanimava-se. Se dependesse de energia, poderia até mesmo voltar ao trabalho, logo depois deste almoço. Mas como? A estas horas já descobriram tudo e só estão esperando que ele apareça para ser entregue à polícia. Hoje é o dia dos pagamentos. É hoje que vão saber que ele deu um desfalque. É hoje que sua cara será mostrada ao público, para que todos a conheçam e ninguém mais a esqueça. Para que ninguém mais confie nela. Diria isso a Dom Luís? Não, não tinha coragem. Batera em sua porta exatamente para pedir-lhe dinheiro emprestado — mas, e a vergonha de fazer esse pedido? Ao bispo disse apenas que a comida tinha dado na fraqueza, porque estava há um bocado de tempo sem comer. Então Dom Luís ofereceu-lhe a casa de campo, para que ele descansasse uns dias.

— Descanse, Gil. O tempo que você precisar.

— Fico preocupado é com o meu emprego. Não avisei nada.

— Eu telefono para lá e aviso que você está doente. Está sob os meus cuidados.

— Não se incomode, não, Dom Luís. Já lhe dei muitos incômodos.

— Fique tranqüilo, Gil. Descanse.

— Eu preferia que não soubessem onde estou. Podem mandar um médico, para saber se eu estou doente mesmo.

— Não se preocupe com isso. Você não está se sentindo bem. Precisa de um descanso.

Gil avança mais um passo. Você é duro na queda, rapaz. Quantos minutos ainda lhe restam? O que ainda falta relembrar?

E agora, Marília, estou de volta, morrendo de medo de estar voltando para lugar nenhum.

Estou na estrada e ela é comprida, tirana, monótona, cheia de curvas que se sucedem numa reta, retas que se sucedem em curvas, subidas que dão em descidas e eu com medo de chegar ao fim da viagem porque não sei o que me espera.

Leio e releio um livro que comprei na rodoviária, para me distrair. Aliás, não fiz outra coisa nestes últimos tempos senão ler, ler, ler até ficar louco, muito louco, muito mais do que já pude ter estado alguma outra vez. Dias e noites trancado num quarto de hotel, lendo e fumando e de vez em quando me lembrando de minha mãe, da minha mania de viver lendo quando era menino, me lembrando dela que me ensinou a ler muito antes de eu ter ido para a escola, ela que queria me ver padre e sabido, ela que não dava ouvidos à vizinhança: — Cuidado, Donana, que estudando tanto deste jeito o seu filho vai perder o juízo.

Quando alguém está só, Marília, um livro parece ter alma, corpo, tudo. Mas é duro não ter ao lado com quem se possa comentar um pensamento lido, um achado, as palavras que mais nos impressionaram. É a mesma coisa que não se ter com quem repartir a própria vida.

Veja isto aqui, Marília, leia isto, ouça isto, estou relendo esta página em voz alta para você: "debaixo de uma geladeira, também gela o 'herói' enfim, gela 'a fé', a chamada 'convicção', resfria-se consideravelmente a 'piedade', quase por toda a parte gela a 'coisa em si mesma'".

Eu, Marília, gelei quando bati com a cara na primeira porta. Foi aí que descobri que eu simplesmente não existia. Fui uma invenção de um lugar, de um povo, de uma era, de mim mesmo. E nada disto existe. Minha cara atarantada pede socorro na grande cidade e a grande cidade me pergunta: — O que é que você sabe fazer? — E antes que eu mesmo consiga responder, o berro estronda na minha cara atarantada: — O próximo. — Quem é o próximo? "Boa sorte a *o próximo*", penso, enfiando o rabo entre as pernas. Terá sido para isso que Deus me deu estas pernas grossas e tão longas?

Marília, escute isto, eu estou lendo de novo em voz alta para você:

"O conceito de 'Deus' foi arquitetado como antítese ao de 'vida', tendo sido reunido nele, em terrível unidade, tudo o que havia de abjeto, de venenoso, de calunioso: todo o ódio mortal contra a vida. O conceito do 'além', do 'mundo verdadeiro', foi criado para desprezo do único mundo que existe, para não conservar mais em relação à nossa realidade terrena qualquer escopo, determinada razão ou alguma finalidade! Os conceitos de 'alma', 'espírito' e, enfim, também aquele de 'alma imortal' foram inventados para ensinar o desprezo do corpo, tornando-o doentio — isto é, 'santo' — para opor a todas as coisas que merecem ser tratadas com seriedade na vida (aos problemas de nutrição, da habitação, do dietário espiritual, da assistência aos doentes, do asseio, do tempo) uma inenarrável superficialidade!"

Terrível ler isto, Marília, enquanto o ônibus roda e me leva junto, com a minha falta de teto, asseio e pão e ainda tendo de acreditar que Deus vai me tirar do buraco. Pior ainda, Marília, é que, com a barriga roncando e sem um tostão furado para enganar o estômago na próxima parada, eu me pergunto: será que vou ter que comer as páginas deste livro?

Debaixo da geladeira também gela o herói. Ainda outro dia eu me sentia o herói, Marília, pelo menos para você e para um mundo de coitados que me arrancaram os olhos da cara. O herói agora passeia, sem que ninguém saiba, sem que ninguém o veja — ah, Marília, o herói curte o seu próprio couro, anonimamente, sustentado pela fé numa Marília qualquer, que não existe.

Preguei o teu retrato no espelho do banheiro do hotel. Olhei para ele horas seguidas, dias seguidos. Olhei para ele no fundo da noite. Cortei uma bronha olhando para ele — vendo você. Fiquei feliz. Ainda tinha as minhas forças. Ainda tinha a minha paixão. Você é linda, mulher.

Limpei minha bunda com uma carta tua que trazia no bolso. Me desculpe. Eu estava desesperado.

E agora, Marília, o ônibus vai parar. E eu vou descer. Todos vão descer, vão comer alguma coisa. Têm algum dinheiro, pelo menos para isso. E eu vou ficar. Não posso seguir em frente, porque não tenho a menor condição. Mas tenho uma idéia, que pode me safar.

É que de repente me lembrei de que sou sócio do Lyons Clube. Que porra, também sou um leão, um leão de mentira, como todos os outros, sem domadora, ao contrário dos outros. E aqui, nesta beira de estrada, nesta Rio—Bahia de todos os sonhos, de todos os enganos, com gente indo e vindo, negociando, trapaceando ou simplesmente tentando, eu também tento um golpe, pequeno, mas de valor imenso para as minhas tripas: tento um golpe por um prato de comida. Aqui, nesta cidade de Teófilo Ottoni, desço, deixo o ônibus, deixo que ele siga o seu destino, enquanto caminho dentro do Estado de Minas Gerais, o estado geral, grande, distante, para quem não vive nele, nunca viveu nele e nem quer viver, mas o estado particular, principal, para quem está nele agora e precisa de um prato de comida. E é assim, Marília, que caminho para o centro da cidade de Teófilo Ottoni, pergunto onde fica o Lyons Clube, descubro o Lyons Clube, bato na porta (finalmente uma porta. E aberta), entro, me sento, me explico, falo, falo, falo, e tomo uma grana, confiro nota por nota, beijo nota por nota, minha barriga ronca, minhas tripas dão um nó e eu me consolo apertando a mão no bolso, sentindo o calor do dinheiro, enquanto avanço o passo à procura de uma birosca qualquer, qualquer espelunca que mate a minha fome.

Ah, Marília, agora eu como. Sabe o quê? Um churrasco. Com farofa, Marília. Com batata frita, Marília. E arroz. Mais adiante, em algum lugar, vou ter que ganhar dinheiro para pagar mais essa dívida — um dia ainda vou ter que pagar ao Lyons Clube de Teófilo Ottoni, Minas Gerais, através do Lyons Clube de qualquer cidade que me pague alguma coisa. Mas depois, assim que eu puder. Agora eu como e isto é a única coisa neste mundo que me importa. A alegria vem da barriga, ouvi isso em algum lugar. Como é bom comer.

E agora, dentro de outro ônibus, e de barriga cheia, já não tenho mais nada para recordar. Retas e curvas, curvas e retas, sol e lua, vento e chuva, subidas e descidas, descidas e subidas: é só isso. E isso é tudo. Meus olhos enlouquecem de tanto verde, a cor dos teus olhos, dos botões dos teus seios, dos teus anos, dos meus sonhos. Quando este ônibus chegar à Bahia, você estará no Rio de Janeiro ou em qualquer outro canto, escondendo-se — de mim. Agora isso pouco me importa. Estou de barriga cheia. Deus existe.

Quarenta anos completos. Solteiro. Todos se amarram um dia, homem, já está na sua hora. É o que lhe dizem o gerente do banco, o juiz, o advogado e a dona do hotel. Não há boceta que valha a liberdade de um homem, dizem-lhe outros homens, nos puteiros de palha e rum, à entrada da cidade.

Altura: um metro e oitenta. Acabará se casando, qualquer dia destes, com o cozido dos domingos da futura sogra, com os presentes de Natal das futuras primas, com a cerveja dos sábados dos futuros tios e primos. Ainda acabará se casando com a varanda da casa quieta em que, em noites arrastadas, dedilha umas cordas em busca de uma melodia antiga, em busca de outros tempos, outros lugares e outras pessoas.

Peso: noventa e três quilos. "Já começo a sentir a idade", pensou com tristeza. Nesse momento estava fazendo a barba e falava para um espelho que não o consolava. Consola-se, porém: "Será mesmo que a vida começa aos quarenta?"

Sapato quarenta e quatro. "Preciso ao menos de ter alguém que me tire as botas, quando o cansaço for maior do que minhas forças. Preciso de um colo para a minha cabeça. Alguém para me contar e ouvir histórias, cantar comigo, dividir comigo o meu fardo." Qualquer dia acabaria se casando, com uma moça que não amava. Gostar, gostava. Lá longe havia deixado uma paixão e isso era diferente. Aqui, longe, longe, a muitas léguas de entroncamentos, atalhos, esconsos, buracos e pedregulhos do lugar onde nasceu, ele encontrou uma moça, uma estima, uma amizade, muitos cuidados. Não era a mesma coisa. Quando menino, uma cigana leu nas linhas da sua mão: "Vais conhecer uma vizinha de muito longe e vais se casar com ela." E assim aconteceu: conhecera muitas vizinhas de muito longe e haveria de se amarrar a uma delas.

Pele clara. Raça de branco. Rosto comprido e inchado. Cachaça. Olhos castanhos-claros. Cabelos pretos cortados rentes, disfarçando os fios pixaim, os fios d'África. Porém já não podia disfarçar os fios brancos. Fez as contas: seu bisavô morreu aos noventa (só se lembrava de um), um de seus avós morreu aos oitenta e seis e o outro aos oitenta e cinco. Seu pai deixou tudo pela metade: morreu aos quarenta e nove. Hoje se morre mais cedo, concluiu.

Quarenta anos. Não iria morrer na cama, como os outros. Ia morrer num desastre. Uma voz lhe dizia isso, o tempo todo.

Seus pés nunca couberam dentro de um chinelo. Seus pés se apertam dentro de um sapato. Mesmo assim ele continua andando, continua de pé.

"Os meus irmãos desceram todos, pela estrada do Sul. Eu peguei a do Norte. Subi. Para beber a água barrenta do Rio São Francisco, para comer a lama deste rio. O rio da unidade nacional. Apenas duas margens peladas, exploradas, uma água sugada até que o rio vire um barranco em cada lado, até que ele vire uma cratera, como eu."

— As carrancas estão chegando, Dom Luís. Estão invadindo a sua casa. Todas as carcaças de beira de rio, das beiras de estrada, da mata e do sertão. Todos os famigerados do Nordeste brasileiro. Estão pensando que aqui é a sede do Banco do Nordeste do Brasil, Dom Luís. Estão destruindo, a pau e pedra, a sua casa de campo. Derrubaram a porta, estraçalharam as janelas. Avançam para cima de mim, como urubus sobre a carniça. Vão me comer vivo, Dom Luís. Socorro. Passam por cima de mim, me empurram, me apertam, me pisam, me chutam. Invadiram a cozinha. Escancararam a geladeira. Cataram tudo. Abocanharam tudo. Queijo podre. Fruta podre. Pão dormido. Restos de vinho fedido. Agora se banqueteiam no centro da sala. Estão botando a sua casa de pernas para o ar, Dom Luís. Nunca vi farra tão grande em toda a minha vida.

Estou com vocês, eu grito. Me deixem vivo, eu grito. Estou do lado de vocês, eu grito. Não me ouvem, Dom Luís. Não ligam. Não querem saber. Estão com fome, Dom Luís. E nem aqui na sua casa há comida que chegue.

Vai Gil. Vai Gil. Vai Gil.

Por onde passa, deixa a sua marca. As marcas das suas mãos, gravadas com a tinta das suas tripas, sobre duas paredes brancas: as paredes de um corredor.

Apareça Dom Luís depressa ouça resto não contei tudo quero contar tudo agora ou nunca diante senhor sempre fiquei sem jeito inibição vergonha senhor é assim como Deus como não sei quem fico atrapalhado não contei como gastei dinheiro padre São Paulo não foi só comida bebida teve mulher mulheres uma noite cheguei bar louco vontade mulher sentei chamei mulher perguntei ela falou quanto disse também preço hotel apertei bolso dinheiro dava digo mulher não precisa hotel onde então ela perguntou aqui mesmo banheiro bar respondi eu louco louco vontade mulher apóio pé sanitário abaixo as calças ela levanta saia abaixa calcinha é aqui é aqui rápido depressa ligeiro sem quarto cama nada

Como contar senhor coisas de homem meu Deus não sei.

Deixei bar aliviado ainda bêbado mas leve menos bêbado vontade vinha de novo vontade crescia balançava entre minhas pernas cadê mulher mulheres quero muitas todas uma cada vez uma atrás outra entro boate escura palco iluminado mulher nua balançando peitos bunda corpo tudo mulher roçando mulher mulher lambendo mulher mulher chupando mulher mulher enfiando dedo mulher eu mesa diante litro uísque mulher chegando tirando roupa baixando minhas calças puxando bicho fora lavando bicho copo uísque enchendo outro copo uísque eu fechando olhos preço dose uísque mulher chupando bicho sentando cima bicho outra mulher chegando gritando larga homem meu vi primeiro mulher se limpando toalha mesa me limpando toalha mesa mulher quebrando garrafa testa outra mulher sangue jorrando choro gritos pago conta saio digo garçom não tive culpa teve não senhor diz garçom paguei não tive culpa pensei quem paga manda saí correndo assustado assombrado medo polícia confusão cadeia perseguição palavras mulher sangrando tô cega não vejo nada ai meu Deus tô cega eu sofrendo podia ajudar levar ela hospital fazer qualquer coisa não fiz corri medo polícia São Paulo tudo

Tudo pago tudo caro teto feijão boceta só quero teto feijão boceta amor tudo mesma *Recífiles* São Paulo maior puteiro Brasil inglês americano francês italiano japonês alemão marciano judeu turco baiano São Paulo maior puteiro Brasil Dom Luís

Gil da Bahia, o seu ônibus está chegando.

Acorde e cante:

> "Bahia, quem pintou tua aquarela,
> eu vi farofa amarela,
> vatapá e canjerê."

Acorde e pegue a sua maleta e desça, que o ônibus não pode ficar parado no ponto. Já tem outro atrás dele, querendo o lugar.

Desça, ande e se perca. Gil da Bahia, esta é a nova estação rodoviária da Bahia. Foi inaugurada enquanto você esteve fora. Olha aí, caboco, mangue é isso aí: gente como um corno, que vai e que vem. Tudo passageiro, igual a você. Qual é o seu destino, compadre? Velho Gil, você chegou pela porta dos fundos. Rua e número, por favor.

Um pardieiro no Maciel de Cima com uma plaquinha na porta: "Família". Entrar e bater em outra porta, nos fundos do pardieiro. Esperar a sorte abrir a porta, rezar para que a sorte tenha guardado um pouco de feijão na panela — "Maninha, minha fia, toda moça preta tem coração de ouro, que nem você?" — "Coração de ouro, nada, menino. Coração de gente." — "Maninha, minha fia, eu venho de muito longe, cheguei tarde e sem dinheiro, tem qualquer coisa aí de comer?" — "Sente, menino, que eu vou ver. Sempre se dá um jeito." — "Maninha, minha fia, quando você chegar no céu, Deus vai te dar um beijo na testa, você sabia?" — "Na testa, por que, menino? Só serve se for na boca." — "Não fala assim, Maninha. Assim eu fico com ciúme de Deus. Um beijo na boca quem vai te dar sou eu." — "Deixa de ser descarado, menino. Senta e come. Olha aqui o pratinho que arranjei pra você. Coisa pouca, dá só para enganar." — "A cavalo dado não se olha o dente, Maninha. Mas quem dá o pão dá o castigo. Você tem aí alguma coisa de beber?" — "Tem um licorzinho, menino, que sobrou da festa de São João. Aceita?" — "Claro, Maninha minha fia. Isso é pergunta que se faça?" — "Você vem de onde, menino, com essa cara tão cansada, esses olhos maldormidos, essa testa tão enrugada?" — "Venho de São Paulo, Maninha. É estrada a dar com o pau." — "Outra vez, menino." — "Outra vez, Maninha." — "Quantas vezes você já foi lá?" — "Umas quatro ou cinco, Maninha. Já perdi a conta." — "Esse menino..." — "Pronto, Maninha, já papei tudo. Que coisa gostosa, a tua comida, Maninha. Deus que abençoe as tuas mãos."

— "Gato com fome come até farofa de alfinete, menino." — "Que nada, Maninha. Deixa de falsas modéstias. Você tem um cigarro?" — "Tenho, menino. Mas é um mata-rato, serve?" — "Claro que serve, Maninha. Faz fumaça do mesmo jeito."

Ria, Maninha, continue rindo esse riso largo e bonito, porque você pode. Você não tem um coração acabrunhado e pode rir, Maninha. Você veio da roça, veio do mesmo buraco de onde eu vim e aqui você se casou com um sargento da polícia, um parente meu, que também veio do mesmo buraco, e vocês se arrancharam num quarto de tabique, no fundo de um pardieiro, um fundo escuro, que nunca viu a luz do sol. Vocês criaram duas filhas e mandaram as meninas para a escola e elas já devem estar grandinhas e cuidando de suas próprias vidas. Nem perguntei por elas com medo de alguma má notícia, alguma coisa que lhe trouxesse muitas contrariedades. Seu marido dando plantão à noite, você em casa sozinha e eu tirando você do sossego para me fazer um prato de comida. E você rindo, rindo, rindo, com toda a graça do seu doce rosto negro. E eu me perguntando: onde está o milagre? O seu sorriso, Maninha, clareia a minha alma escura, clareia os paralelepípedos escorregadios deste baixo meretrício onde você vive, protegida apenas por uma plaquinha na porta — "Família" — para que nenhum marinheiro bêbado venha a lhe perturbar. Minha distinta Maninha: saio da sua casa como se tivesse um farol em cada olho, e atravesso esse mangue de passo firme, e mais depressa vou chegar ao quartel onde o seu marido dá plantão esta noite, e sem muitos rodeios vou pedir a ele uns trocados (qualquer coisa serve, tudo ajuda, primo, o pouco dado de boa vontade acaba virando muito) e ele, com toda certeza, vai me socorrer, com a mesma alegria com que você encheu a minha barriga.

Bahia.

Uma história que começa em mil e quinhentos e segue pelas ruas.

Bahia.

Se você vê mais do que um monte de casas velhas, você a merece.

Bahia.

Porque nem tudo neste país é hot dog.

Bahia.

Nossos hotéis vão de uma a milhões de estrelas.

Gente.

O tempero mais gostoso da Bahia.

Já li toda a tua propaganda, ó nega. Agora vê se me faz um desconto. Preciso dizer que estou de volta? Descendo e subindo, subindo e descendo. Tentando recuperar um emprego. Tentando me ajeitar.

Tentando. Outra vez.

E Gil morde o primo sargento da polícia, morde um primo subtenente da Marinha, morde o primo guarda-civil (agarre um fardado, Maninha, se grude no seu fardado, menina, garanta uma aposentadoria, Maria, a conta do armazém, o fiado, o trocado, o crédito miúdo para o soldo apertado, mulé, vá lá, segure um sordado, que cachorra sem dono, menina, você não será). Gil morde o primo bancário, contrata advogado e caminha para a repartição pública, Gil entra na fila, Gil espera. "Venha, Marília, correndo, depressa, não te custa nada. Basta que você diga a verdade para o doutor juiz, o doutor procurador, o doutor promotor, o doutor advogado. Diga-lhes apenas que estou falando a verdade. Você sabe que é verdade. Abandonei o emprego porque tive que abandonar uma cidade. É esta a verdade, nada mais que a verdade. O teu pai ia me matar. Venha, Marília, só preciso de uma testemunha."

Gil continua na fila. Continua esperando. Gil bebe.

São Salvador, Bahia. "Eu com os sapatos numa mão, os pés na areia, e a outra mão na tua cintura. Você com os sapatos numa mão e um pé pisando de leve nos meus pés. Os coqueiros davam a sombra, davam o teto. A areia dava a cama. Escrevemos na areia: Marília ama Gil. Gil ama Marília. Parece mentira, mas vivíamos assim. Eu me lembro."

São Salvador, Bahia. "Nós dois descendo na tarde quente pela ladeira sem saída que rodeia o palácio do Governador. Você levantando a saia e abaixando as calcinhas. E depois eu tirando um lenço branco do bolso, para limpar as tuas pernas. Parecia um sonho, Marília. E era."

São Salvador, Bahia. Bater perna ladeira abaixo, freando os sapatos. (Este chão foi calçado com quiabo, cabôco. Olhe onde pisa.) Descer uma escada no fim da rua. Chegar a um boteco. Sentar-se — de costas para a Cidade Alta, de cara para o mar. Uma varanda pendurada na montanha, como a sua cabeça. Pedir uma bebida e ficar quietinho num canto, olhando lá para baixo.

Não faça barulho, seu moço, que a cidade está dormindo. Não incomode a cidade. Dormem os barcos e os barqueiros. Dorme a Escola de Aprendizes de Marinheiro. Mas aqui dentro, nas suas costas, ninguém quer dormir. Este bar se chama Varandá — tem a varanda e tem a buate lá dentro, o forró de milhões de volts, o barulho aloprado aloprando o salão — uma pista de putas e marinheiros norte-americanos. Salve a Bahia, Sinhô. Viva a Bahia, Iaiá. E Gil continua de costas para a festa frenética, finge-se de mouco para a zorra toda.

— Você não quer ir lá para dentro?

— Não. Estou bem aqui.

— Me dá um cigarro?

— Pode pegar.

— Lá dentro é muito melhor.

— Mas eu quero ficar aqui fora.

— Me dá um cigarro?

— Pois não.

— Posso me sentar um pouco?

— À vontade.

— Me dá um cigarro?

— Pode pegar.

— Você é tão calado, tão zangado. Não conversa, não diz nada.

— Quero ficar só. Não me leve a mal.

— Eu, hein?

— Me dá um cigarro?

— Pode pegar.

— Posso me sentar? Tem medo de mim? Não vou lhe fazer nada.

— Pode se sentar, se quiser.

— Me dá um cigarro?

— Pode pegar.

— Não quer dançar?

— Não. Obrigado.

— Puxa, você é esquisito.

— Dance com os gringos. Eles pagam em dólar.

— Pagam nada. São uns pixotes. Uns duros.
— Mas são gringos.

— Posso me sentar?
— Por favor, não.
— Não vou te morder.
— Desculpe. Mas preciso ficar só.
— Me dá um cigarro?
— Pode levar.

— Me dá um uísque?
— Sirva-se.
— Posso me sentar?
— Por favor, não.

Gil está olhando lá para baixo, Gil está vendo as luzes da Escola de Aprendizes de Marinheiro. Vê o pátio, as árvores bem-cuidadas e o portão de entrada, em forma de arco, imponente e dorminhoco, firme e solitário — a porta para o mar, para a guerra, para uma volta ao mundo. Pensa nos garotos norte-americanos. Eles formam uma roda no meio da pista, abraçados uns aos outros, jovens e desengonçados, alegres e mal-amanhados. "Ei, meninos. Quer dizer que a guerra ainda não acabou?

Nem no Japão, nem na Coréia, nem na Europa, nem no Vietnã? E vocês estão aqui procurando uma nova guerra, contra as pobres destas putas e os pobres destes viados?" Gil está vendo um rapaz atravessando o portão e se dirigindo à secretaria da escola. Ginástica todo dia. Vida saudável. Natação. Estudos. Viagens. — Com um pouquinho de tempo você chega a sargento. Com mais um pouco, você chega a capitão. Inteligente do jeito que você é, Gil, você acaba almirante. — Mas tem as guerras, mamãe. Eu não gosto de guerra. Esse negócio de matar e morrer eu não gosto. — Mas não são todos os que vão para a guerra, menino. — Mas como é que eu vou saber que eu não vou ser chamado? Ele perdeu no exame médico: suspeita de tuberculose. Um fracasso no seminário, fracassado na porta da Escola de Aprendizes de Marinheiro. Teria que se curar e voltar, mas quando foi dado por curado, já não tinha mais idade. Restava a Escola de Sargentos, em Três Corações, Minas Gerais. Restava a Escola de Pára-quedistas. Caminhar para o Quartel General, preencher papel, tirar retrato, ir e vir. Errar nas provas, de propósito. Nem batina, nem farda, mamãe. E agora, como vai ser? Não chore, mamãe. Eu tenho as minhas artes. — Cuidado, menino. Senão você acaba virando um vida-torta, um capadócio. Pegue o caminho de São Paulo. Seus irmãos estão lá, menino. Eles vão ajudar você. Você é um menino bom, Gil. Eles vão te ajudar. São teus irmãos.

— Por que eu não quis ser fardado, mamãe? Melhor isso que nada, a senhora me dizia. — Bote uma farda, estufe o peito, marche no passo, acerte o compasso. A vida é isso, Gil, cada qual que procure se ajeitar. — Como é que eu vou me ajeitar, mamãe, com toda essa falta de jeito? — Menino, crie juízo, pense em você, cuide de si. — Mamãe, me dá um violão? A senhora com esse emprego no cartório, recebe dinheiro todo mês, eu sei. Mamãe, compra um violão pra mim, compra? Custa tão pouco. — Meu Deus, o que é que eu vou fazer, com todos os pedidos deste menino? Não chore, velha, eu sei que a senhora gosta de um pagode. Gente em casa, cantoria, folia. Sua vida ia ser muito triste, mamãe, sem essa alegria. — A gente cria os filhos de um jeito e eles saem tudo de outro. Meu Deus, o que eu vou fazer? Gil, por que é que você não entra no concurso para o Banco do Brasil? Por que você não faz um concurso para o Banco do Nordeste? Gil, por que é que você não faz um concurso para a Petrobras?

— Concurso é que nem corrida de cavalo, mamãe. E eu não sou cavalo. Nem tenho as pernas bonitas de Marta Rocha. Se tivesse, entrava num concurso e virava Miss Brasil. Não é isso o que a senhora queria, mamãe?

— Meu Deus. Dai juízo a este menino.

Pagar a conta. Esperar o troco. Esperar a mulher que perguntou se ele queria sair com ela. Olhar mais uma vez lá para baixo. Ficar de pé, esperando e olhando lá para baixo, para a Escola de Aprendizes de Marinheiro. Luzes tremelicando no pátio, luzes por toda parte, lá longe, na ilha de Itaparica, aqui mais perto, nos barcos estendidos pelo mar. "Naveguem, marinheiros, naveguem, e cheguem a lugar nenhum. Boa navegada para vocês, marinheiros. Desta eu escapei."

Mulher chegando. Mulher estendendo-lhe uma mão, oferecendo-lhe uma mão. A outra segurava um pedaço de carne, que ela vinha mordendo, vinha comendo. Mulher dizendo: — Desculpe. Demorei porque dei uma passada na cozinha e roubei isto. Estava morrendo de fome. Ele calado largando a mão da mulher, devagarinho, para não ofendê-la. Mão melada, mão viscosa, mão gordurenta. Como esconder esse nojo? Como negar esse nojo? Mão nojenta. E ele vai seguindo na frente, lentamente, por causa dela, que anda devagar. A mulher caminha e come. E ele grunhe entre os dentes: — Já sei, amor, que tua história começa em mil e quinhentos e segue pelas ruas. Mas não pense que eu voltei para morrer em teus braços. E a mulher: — O quê? O que foi que você disse? E ele: — Nada. Não foi nada. Esquece. Seus pés vão para a frente, mas os seus sapatos deslizam para trás, como os pneus de um velho caminhão que não conseguem romper uma ladeira enlameada. Gil se esforça, Gil arfa, estufa o peito, estica as pernas — Gil vai. E ao chegar ao topo da ladeira ele pergunta: — Para onde? E ela: —

Por aqui. Atravessam uma rua, desembocam em outra, descambam numa ladeira. Pegam à esquerda, caminham um pouco, a mulher aponta: — É aqui. E eles descem um lanço de escada e ela bate na porta, lá embaixo, e ele pensa "aqui a gente sobe ou desce, eu estou descendo, esse mata-burro é debaixo da rua, debaixo do chão" e um homem sonolento abre a porta, Gil vê que ele estava dormindo, estirado numa poltrona com os pés numa cadeira e uma coberta sobre o corpo, porque logo depois de abrir a porta o homem voltou a estirar-se, sem dizer uma única palavra. Gil também vê que isto é um apartamento, com mulheres e crianças berrando para todo lado, gente discutindo, gritando, rindo, uns dois ou três quartos apinhados, crianças chorando de um lado, mulheres urrando de outro, homens arfando, gemendo. A mulher pega a chave de um quarto, abre o quarto, diz que vai ao banheiro, "espere um instantinho só, tá?, vá tirando a roupa, chego logo" e ele tira a camisa e fica com a camisa na mão, pensando: "pelo menos lave as mãos". E quando a mulher volta e começa a se despir e a reclamar "você ainda está assim? O que é isso?" ele responde "não dá, desculpe, não dá, eu vou-me embora" e sai. Passa pelo homem estirado nas duas cadeiras e diz até logo e abre a porta, e fecha a porta com cuidado, sem fazer barulho, sem esporro algum, e sobe a escada, primeiro devagar, depois mais depressa, depois rapidamente e depois começa a correr e chega à rua correndo e correndo dobra à esquerda e pega a primeira dobra de rua à direita e corre e os porteiros de um edifício na boca da rua em que ele dobra começam a gritar: "Pega, ladrão!" e ele pára, lá em cima, no topo da subida, já quando a rua se encontra com outra, e olha para trás e vê que não está sendo seguido. Ele pára e dá uma imensa gargalhada e os porteiros também riem e ele ri à vontade. Gil parando, respirando melhor, Gil rindo. Uma ladeirinha de nada, uma corrida à-toa. Os porteiros estão rindo. Ele está rindo. Ninguém o segue. E Gil vai pelas ruas vazias da cidade do São Salvador da Bahia. E vai pensando: — Amanhã de manhã, quer dizer, daqui a pouco, tenho que me encontrar com o deputado federal que está hospedado no Hotel da Bahia. Ele prometeu dar um jeito no meu caso. Ele vai me perguntar se eu quero um emprego em Aratu, ou em Camaçari, no Pólo Petroquímico, no Pólo Industrial, etc. E eu vou dizer a ele que quero apenas reaver o meu emprego na Justiça do Trabalho. Ele estará rodeado de louras gostosas que se penduram em seu pescoço, ele pegará o telefone e as louras gostosas começarão a beijar o seu pescoço. Ele com um copo numa mão, o fone na outra, e me perguntando: — Diga aí, amigo. Você acha que vou ter muitos votos em sua terra? E eu: — Pode ficar tranqüilo. Você já ganhou. E ele me dará um cartãozinho que eu, para não dizer que ele o enfie na bunda, enfio no bolso, mesmo que logo a seguir tenha que jogá-lo na rua, absolutamente certo da sua inutilidade.

Continue comendo as suas louras gostosas, deputado. É a única coisa que você tem a fazer, meu deputado.

— Gil, você ganhou. Meus parabéns.

— Diga aí, doutor. O que foi que eu ganhei?

— Você está reintegrado.

— Tive o meu emprego de volta. Não é isso o que o senhor quer dizer?

— Perfeito, Gil. Você ganhou. Conhece Juazeiro?

— Não. Nunca estive lá. É um bocado longe, não é?

— Você vai para Juazeiro, Gil. Uma bela cidade. À beira do São Francisco. Coladinha a Pernambuco.

— Meu Deus.

— Ô, Gil. Você não está alegre? Eu estou tão contente. Ganhamos, rapaz.

— Sim, certo. Estou contente, caro advogado. O senhor está certo. Eu lhe devo muito por isso.

— Prepare-se, Gil. Viaje hoje mesmo. Tenho aqui uma carta, apresentando você ao juiz de lá.

— Está bem, doutor. Muito obrigado. Assim que eu receber o meu primeiro salário, eu pago ao senhor. Pode confiar em mim. Por favor, doutor, qual é o número da sua conta no banco? Em que banco? Pode deixar. Vou lhe pagar direitinho. Mais uma vez, obrigado, doutor. Obrigado, amigo.

Viagem, viagens.

Eta, mundo. Eta, chão. Chão de asfalto, cascalho, pedra, pau, poeira e lama. Arranca-toco. Chão carroçável. Chão de pneu e casco de cavalo. Chão da sola dos pés, dos meus e dos teus pés. Chão que sobe e desce e se embrenha pelos atalhos, veredas e encruzilhadas: retas e curvas, sol e lua, ventos e chuva. Trovoadas. Paisagens. O chão mais bonito do mundo, para o homem viajado e que no entanto nunca saiu do mesmo chão. E se não fosse tão bonito, pensa Gil, o mundo inteiro não teria vindo parar neste chão: de Portugal e do Japão, da China e do Afeganistão. — Quando eu crescer, mamãe, me deixe morar na lua. Talvez lá tenha uma terra melhor do que a sua. O chão de uma memória envenenada.

Sol a pino rachando a moleira do mundo. Trezentas e sessenta e cinco cores em cada flor, em cada folha. — Por favor, mamãe, tudo o que eu quero é fazer um forró, pelo menos a cada fim de semana, lá no meu sertão.

Sertão doido, seu moço. Chão de lascar o cidadão. Melhor o senhor pegar outra picada.

Juazeiro, Feira de Santana, Salvador.

Salvador, Alagoinhas, Malhada da Pedra.

Malhada da Pedra, Biritingas, Serrinha, Feira de Santana.

Serrinha, Juazeiro.

Juazeiro, Feira de Santana, São Sebastião, Catu, Alagoinhas.

Malhada da Pedra, Alagoinhas, Salvador, Feira de Santana, Rio de Janeiro.

Rio de Janeiro, São Paulo, Brasília.

Minas Gerais.

Sempre um mesmo buraco. Um mesmo chão.

— Não tem jeito, mamãe. Eu preciso ir até lá.

— Pra fazer o quê, menino?

— Vou arranjar uns votos para Zito de Zé de Satu.

— Mas isso é destino que se apresente, menino? Isso não dá camisa a ninguém, menino.

— Nasci político e forrozeiro, mamãe. Vou morrer assim.

— Deus meu: dai juízo a este menino.

Conversas de todo o sempre. Política é forró gostoso, mas não para os filhos da gente.

Gil dizia: — Mamãe, papai foi assim. Eu sou assim. Não adianta. Está no meu sangue. Não é agora que eu vou mudar.

— Por que não?

— Porque agora a gente vai ganhar.

— Quem, menino? Quem vai ganhar?

— Zito, mamãe. Que é como se fosse meu irmão.

— Que homem mais sabido. Podia ser mais besta? E você, Gil? Vai ser o quê? Ministro da Educação da Malhada da Pedra? Nem vereador você vai ser. Meu Deus, que adianta esse "a gente vai ganhar"?

"Mamãe, me deixe ir embora. Quem sabe eu lhe arranje uma nora."

Era sexta-feira e era um ótimo dia. Gil havia passado a noite brigando com a sua mãe. Sentia-se aliviado. Não tinha um tostão no bolso e tinha que fazer uma longa viagem, como nos fins de semana anteriores. Mas tinha um plano, que o deixava cheio de ânimo.

Hoje é sábado e isto se passou na sexta-feira da semana passada, logo, há apenas oito dias.

Foi uma sexta-feira com a mesma cara das outras sextas-feiras. O juiz iria sair mais cedo, porque, como sempre, estava louco para juntar-se à mulher e aos filhos, lá na capital. "Quem mora longe nunca tem a cabeça no lugar", pensa Gil, que nunca foi muito com a cara deste meritíssimo. E o gerente do banco também não é daqui, logo, também ia embora mais cedo. Por isso não viu quando o seu amigo Gil de todos os almoços e de todos os jantares do Hotel Rex chegou ao balcão da sua agência, chamou o contador e cochichou algumas coisas a respeito de antigas desconfianças sobre a honestidade do subsecretário da Justiça do Trabalho. Por isso estava fazendo os depósitos do dia em seu nome. E, logo a seguir, emitiu um cheque levantando todo o dinheiro depositado: exatamente nove mil, quatrocentos e quarenta cruzeiros. Ele era o secretário da Justiça do Trabalho. Logo, tinha autonomia para isso.

Seu plano era repor o dinheiro segunda-feira, na primeira hora. Jamais pensara num desfalque.

E tanto assim não pensara, que agora, ao sair do banco, sentia-se o mais feliz dos homens: alguém capaz de usar a cabeça, mesmo nos momentos mais graves, como este, em que precisava viajar e não dispunha de um centavo para a gasolina.

— Mamãe, não ria e nem chore. Permita apenas que eu namore. Os homens são assim.

Gil bota o pé no acelerador. Antes, porém, passa no hotel, toma um banho, troca de roupa, engole um pouco de feijão com qualquer coisa, paga os atrasados, diz alguns gracejos para a velha e aflita proprietária (e ela, agora com o dinheiro na mão, ri à vontade), pega uma maleta, entra no carro e toca para um supermercado, onde compra um litro de uísque. "Até aqui é possível se encontrar isto", ele pensa. "Até aqui." Roda para um posto de gasolina e manda calibrar os pneus e encher o tanque. No posto, antes de engatar a primeira, abre o litro e sorve uma dose, no gargalo. "Daqui a Feira de Santana são umas três horas", pensa. "O resto desliza fácil."

Juazeiro, Feira de Santana, etc.

Desce e sobe, ida e volta.

Uma maratona semanal.

Foi aí que saiu tudo errado, Dom Luís. Tudo ao contrário. É sempre assim, Dom Luís: a gente propõe e o diabo dispõe.

O senhor me perguntou muitas vezes: e sua noiva? Você tem uma noiva. Uma boa moça, católica etc. e tal. E é verdade. A pura verdade. Na noite da quinta-feira cheguei para ela e disse: — Amanhã viajo cedo. Vou matar a parte da tarde. E ela: — Você não acha que está matando demais no trabalho? Entendi o seu medo. Assim me mandam embora. E assim não terá casamento. E assim são as mulheres, Dom Luís, me desculpe, mas deste setor o senhor não entende. Quando minha noiva reclama porque estou bebendo, ela está reclamando porque não economizo o dinheiro da bebida para o nosso casamento.

E foi pensando nestas coisas que cheguei a Feira de Santana. E lá o meu carro foi dar numa casinha, foi direto no endereço de uma moça que a bem dizer carreguei no colo, ainda uma criança. Namorei essa moça, há muito tempo. Quando freei na porta e desliguei o carro, sua mãe meteu a cara na janela. Ao me ver e me reconhecer, gritou lá para dentro, chamando a filha, que logo apareceu, com a cabeça cheia de bobs. Ela me abraçou, me deu um grande beijo, pegou a minha mão e levou-a até o seu peito. Apertou a minha mão no seu seio calorento e disse: — Sente como o meu coração está batendo? — Sinto — eu lhe disse. E ela: — Que bom você ter aparecido. Vou me casar amanhã. E eu: — Que bom. Você está feliz? — E como — ela disse. — Mais ainda por você ter aparecido. — Também fico feliz com tudo isso — eu digo, um tanto desajeitado e me sentindo um bocado ridículo, ao pronunciar estas palavras. Na verdade, não estava nada feliz. Era uma situação estranha. E ela: — Você me ensinou tudo sobre o amor. Quero que você saiba disto. Respondi-lhe, meio sem graça: — Menina, você encontrou um sujeito, gostou dele e vai se casar com ele. Nada mais natural. Não tenho nada a ver com isso. Ela então se agarrou a mim mais uma vez e disse: — Oh, Gil, oh, Gil. Me agarrava, me apertava e me abraçava e me perguntava: — Você vai ao meu casamento? É amanhã. Amanhã, Gil. Eu ria, enquanto tentava afastá-la de mim, ao mesmo tempo que a puxava para mim. E dizia-lhe: — Estou de passagem. Amanhã estarei longe. Não dá. E ela: — Oh, Gil. Oh, Gil.

Sua mãe nos chamou para dentro. Disse que havia feito um café, e que o café já estava pronto. Entramos. O café veio no bule de sempre, na mesma bandeja de sempre, acompanhado pelas mesmas xícaras de sempre, e foi posto na mesma mesinha de centro de sempre. Peguei o meu e deixei que meus olhos rodassem pelas paredes, as mesmas paredes encardidas de sempre. Senti, neste momento, que enquanto minha boca se molhava com o café, os meus olhos se molhavam com outra coisa, uma espécie de suor ardido, coçando, incomodando. Com a outra mão, levei os dedos aos olhos, esfregando-os. Esse era o meu mundo? Essa era a minha vida? Um perde-ganha de coisas miúdas, de gente miúda, de satisfações miúdas? Tudo tão pequeno assim, tão velho e carcomido, como aquela sala, aquelas duas caras, mãe e filha, aquelas paredes, aquele bule, aquelas xícaras e o resto?

Mas não me dei por vencido, Dom Luís. Veja o senhor como são as coisas. Saí de Juazeiro com um só destino: Malhada da Pedra. Digo melhor: para a campanha eleitoral do meu amigo Zito, que estava nos últimos dias e agora, definitivamente, precisava de mim. Nem era necessário ter chegado a Feira de Santana. O senhor sabe: antes de Juazeiro eu deveria ter apanhado o atalho de Serrinha, que é mais rápido. Não sei que diabo me levou a Feira. Nem à casa dessa moça e de lá à casa do meu amigo juiz, não o meritíssimo da Justiça do Trabalho, que esse mora na capital. Falo de outro juiz, um juiz de outros tempos, meu amigo de verdade. Este eu respeitava. Eu não o via há muitos anos (é possível isto, a gente morando tão perto?) e me lembrava da última vez em que estive com ele. Foi um encontro muito triste, por mais que eu tentasse fazer desse encontro um encontro alegre. Ele me recebeu muito bem (daquela vez), metido num terno cinza, muito bem-posto, muito alinhado. A rua em que morava — uma rua de seis casas — tinha um nome que ele pôs: Carlos Drummond de Andrade. O juiz era assim: amava os poetas. Foi assim que o conheci, nas noites mornas de Alagoinhas, noites de nada e que eram noites de tudo em sua casa. Ele nos falava dos poetas. Ele nos lia os poetas. Ele era um poeta. E ele era um homem morto, quando o reencontrei, asilado, confinado, perdido e esquecido em Feira de Santana, porque ele já não era mais nada. Depois de um cafezinho igual a tantos, de tantas casas tão prosaicas de todas as nossas bibocas, ele foi lá dentro e pegou um velho calhamaço ensebado e começou a ler para mim. Era a sua história dos vaqueiros da Bahia. Então eu pensei: — O homem não está morto. Que bom. Na quinta ou sexta página da sua leitura, já não me lembro bem, ele parou e me disse: — Nada disso adianta, Gil. Você sabe o que me aconteceu?

— Imagino — lhe respondi.

— Me chamarem de velho comuna safado foi o de menos, Gil. Agora, me chamarem de... me chamarem de... me chamarem de... — Ele nunca ia conseguir dizer o resto, eu sabia. Era como um disco arranhado que engancha na agulha e não ia mais, nem para adiante, nem para trás. Onde estava arranhando? Em sua memória, em sua garganta, em seu coração? Meu amigo juiz balançava a cabeça de um lado para o outro, com o rosto intumescido, como se de repente passasse a sentir uma dor muito forte. Os seus olhos apertavam-se por trás dos óculos. Ele começou a chorar. Um homem daquelas alturas, um meritíssimo de verdade, excelentíssima pessoa, amigo leal e homem digno, de todo o respeito — e chorando, ali, na minha frente, feito uma criança.

Estávamos, só nós dois, onde deveria ser a garagem da casa mas que ele preferiu transformar numa sala de estar, um vão livre para o vento morno desta tarde morna. Lá de dentro vinha o barulho de uma máquina de costura. E os seus dez filhos? Deveriam estar no colégio, cuidando da vida. Aqui o juiz engolia o purgante da sua aposentadoria forçada — com ou sem vencimentos? Seria uma pergunta fora de hora, sem o menor propósito. Levantei-me e procurei o banheiro da casa. Era em nome dos seus filhos que ele não diria o resto? Na minha cabeça bailava, como imagens de um pesadelo, o acontecido que ocorreu de boca em boca, perturbando uma cidade inteira, desde a hora em que o agarraram, já nem me lembro se no fórum ou na sua casa, e o levaram para as areias do Cachorro Magro, o deserto dos namorados e agora servindo para o sacrifício de homens de idade avançada que, sabíamos, não seriam capazes de suportá-lo. O que o juiz não queria lembrar era isto: — Viado velho. O que ele fazia todas as noites com todos aqueles garotos do ginásio que iam à sua casa? Lia poesia para eles, ora. Isso toda a cidade sabia. Está aí, estava confirmado. Poesia era coisa de viado. Os nomes, viado velho. Um por um. O primeiro soco ainda não ia ser o pior. Ele foi ao chão, caindo de quatro. Seus óculos voaram. Uma patada o empurrou para a frente: — Avança e pega, ceguinho. Tu tem que enxergar tudo direitinho. O juiz se levantou, apanhou os óculos, sacudiu a areia e meteu os óculos no rosto. Quantos estavam ali para bater nele? Cinco homens. Um batalhão. Nunca suspeitara antes que fosse tão perigoso. Disse-lhes:

— Pelo amor de Deus. Isto é uma covardia.

Começaram a rir. Um deles abriu a braguilha:

— Olha aqui, velho pederasta. Que tal? Gosta?

Cochichavam. Riam. Debochavam.

— Sabe o que é uma curra? Tu sabe, não sabe, doutor? Todos aqueles livros. Toda aquela poesia. E a rapaziada, né? Tudo frango novo, né? Cavalo velho capim novo, né? Mas fique sossegado. A gente não gosta de cu de velho.

Era a voz do ódio o que ele ouvia, ao estalar mais um soco em seu rosto. Tornou a ir ao chão. Levantaram-no e bateram de novo. Bateram muitas vezes, até quando não suportaram mais e o empurraram, como a um saco de palha. Foram-se e ele ficou, desmaiado, com a cara enfiada na areia enquanto, na cidade, a notícia corria solta: o juiz era viado. Dois dias depois ele pegou a família e desapareceu.

Também fui embora, Dom Luís. Não dava para ficar mais ali, na casa do meu amigo, vendo-o chorar daquele jeito.

Como estaria ele agora? Será que o tempo havia curado todas as suas feridas? Era o que eu me perguntava, desta vez, seguindo para a sua casa. Gostava dele e iria voltar sempre. Tantas vezes passei por aqui sem fazer-lhe uma visita. Por quê? Ao diabo com a minha pressa, com a pressa do mundo, com a pressa da vida. No momento eu só queria saber como estava passando o meu amigo juiz. E foi o que eu fiz. Sou assim: quando me dá uma veneta, sigo a minha veneta e o resto que se dane. Cheguei, parei o carro, buzinei e nada. Desci do carro, bati palmas e nada. Continuei batendo palmas, buzinando, chamando. Uma vizinha apareceu na janela da casa em frente. Perguntou quem eu estava procurando. Então fiquei sabendo que ele havia morrido, há dias, e que a família havia viajado. O senhor não sabia?

Se soubesse, não estava aqui, minha senhora, pensei, voltando ao carro. — De que ele morreu, hein? — perguntei, por perguntar.

Ela deu de ombros. Falta do que dizer? Desalento?

— Doença, ora. Coração, eu acho. Idade... sei lá. Já estava bem velho, o senhor não sabia?

— Morreu de desgosto, minha senhora. Guarde bem isto: DESGOSTO.

Arranquei tão estabanadamente que devo ter dado um grande susto naquela pequeníssima rua, digo, nos pequeníssimos moradores da rua Carlos Drummond de Andrade que, com toda a certeza, nunca souberam quem é Carlos Drummond de Andrade, nem quem foi o homem que batizou a rua com esse nome. Ele vivia dizendo, minha senhora: — "É preciso proteger os justos contra a justiça." Alguém por aqui o protegeu?

Quando dei por mim estava parado na porta de outra casa, com uma mão levando o gargalo do uísque à minha boca e a outra buzinando sem parar. Devia estar fazendo um estardalhaço tão grande que lá dentro da casa uma voz gritava: — Já vai. Pára, que ninguém é surdo.

Meu primo Felipe. Que sorte encontrá-lo. Ele vive na estrada — é motorista de caminhão. E não havia caminhão algum parado à sua porta. Daí eu achar uma sorte, quando o vi enfiar a cara na janela. Ergui o litro:

— Vem daí, rapaz. Vamos tomar uma.

Ele riu:

— Oxe! Tá doido?

— Vamos rodar por aí. Vamos rosetar.

— Que pressa é essa? Desce daí. Chegue à frente.

Sua mulher e seus dois filhos já haviam aparecido, no mesmo instante, e se apinhavam na janela. Porta fechada, janelas abertas — é sempre assim. E pensei mais: família parece formiga. Como se junta depressa.

Outra vez: desligar o motor do carro, descer do carro, chegar à frente. Esperar um (mais um) café. Você é macho mesmo, para passar por passar, sem dois dedos de prosa, sem um cafezinho? E lá vem o mesmo bule, a mesma bandeja, a mesma xícara, o mesmo café. Lá estão as mesmas paredes, o mesmo retrato do Sagrado Coração de Jesus. "Nunca mais quero essas tardes mornas, iguais", canta uma moça de voz dengosa em todas as lojas de discos, em todos os rádios, em todos os alto-falantes de todo o Estado da Bahia.

— Pois é, seu Felipe. Vou adiante.

— Para onde diabo você vai?

— Vou dar um pulo até a nossa terrinha. Você bem que podia vir comigo.

— Taí, é uma boa idéia. Soube que o negócio lá tá pegando fogo. Você jogou um bocado de lenha na fogueira, não foi?

— Quem te contou?

— Papai. Ele esteve aqui ontem.

— E o que ele te falou mais?

— Você sabe como é conversa de velho. Nunca explica as coisas direito. Ele só disse isso: "Gil andou arranjando sarna para se coçar."

Quando o medo aperta, a gente arreia a crista, abaixa os olhos, vai com eles ao chão, pede à terra que se abra numa lasca maior ainda do que aquela que existe entre as pernas da mãe que nos pariu, para que a gente se enfie lá dentro e desapareça. Mas não posso me fazer de covarde, pelo menos agora, quando estou diante de um primo e preciso da sua companhia, porque não posso enfrentar todo esse medo, sozinho. Então retirei os olhos do chão e levei-os até à parede. E enquanto o meu primo Felipe me contava tudo o que o seu pai, o meu tio Inocêncio, lhe contara, eu pedia socorro ao retrato do Sagrado Coração de Jesus. E ele era sagrado demais para entender que eu, o seu devoto Gil, estava fodido. Com todas as letras, Dom Luís: f-o-d-i-d-o. É como se diz: para descer, todo o santo ajuda. Os santos e os entes mais queridos, eu diria, agora que me vejo empurrado estrada abaixo.

— Mas quando todo mundo pensa que você está liquidado, você aparece num carro novo, metido numa roupa bonita e cheio da grana, não é, Gil? É aí que você engana a todo mundo, não é, Gil?

Então nós demos uma boa risada, solta, livre, gostosa, como há tempos eu não dava. Até a mulher dele, que estava calada o tempo todo, se desmanchou num riso bonito de ver. Isso era uma piada que valia a pena. Não posso negar: gostava que pensassem assim. Se havia no mundo um lugar para um vencedor, esse lugar tinha que ser meu, acontecesse o que acontecesse. Enfiei a mão no bolso e passei uma nota para cada um dos meninos de Felipe, sempre inibidos, tristinhos, encolhidos, agarrados à saia e às pernas da mãe, como dois bichinhos do mato.

— Tomem. Comprem um pirulito.

— Como é que se diz? — perguntou-lhes a mãe. — Como foi que ensinei a vocês? Digam: — Obrigado, primo.

Mas os meninos não disseram nada. Apenas esconderam suas carinhas, desviando-as de mim. É sempre assim, eu pensei. Um mundo de gente escabreada. Precisamos aprender a levantar a cabeça, desde pequenos. Quem me deu essa cara-de-pau, mamãe? Eu saí diferente, não era isso o que a senhora sempre me dizia?

Como uma cobra que não perde o melhor momento para dar o bote, lancei o meu golpe, rápido e certeiro, na cara da mãe daquelas duas crianças, a minha priminha por afinidade:

— Alina, vou roubar o teu homem.

— Que é isso, Gil. Deu para essas coisas agora?

— Para você ver. Depois de velho...

— E tuas namoradas? Era uma em cada esquina, não era?

— Era e ainda é, dona moça. Ainda passo a perna em um bocado de garoto, por aí.

— Então, para que você quer o meu homem?

— Porque estou cansado de andar sozinho por essas estradas. Estou precisando de um anjo da guarda. Tenho negócios a tratar com Felipe. Negócios de ocasião.

— E o que é que eu tenho com isso? — disse Alina. — Problema de vocês.

— Patroa é patroa. Sou besta de arrastar o teu marido sem o teu consentimento? Depois você vai dizer que fui eu quem botou ele no mau caminho.

— Pergunte a ele se ele quer ir com você, ora. E se ele quiser, espero que vocês se divirtam.

"Espero que vocês se danem", ela devia estar pensando.

E assim me vou pela estrada, detonando gasolina e derramando o óleo. Vou com meu primo Felipe, que bebe no gargalo e me passa a garrafa. Contamos histórias e damos risada. As histórias do nosso tempo de menino.

Felipe está encalhado em Feira de Santana porque o seu caminhão quebrou. Felipe me conta todas as suas mortes já ultrapassadas nas curvas do Sul e do Norte, nas suas noites de sono e cachaça, cachaça para vencer o sono, que vence a cachaça. Abre o olho, Felipe, olha a desgraça que você fez. Mais uma virada. Se dê por feliz, rapaz. Você escapou. Ainda não foi desta vez. Quantas vezes você já virou, Felipe? Sei lá, perdi a conta. Vida de motorista de caminhão é isso, seu moço. Vencer o sono para escapar da morte. Abrir o olho para ver se ainda não morri. Mas tem o cheiro da gasolina. As putas adoram esse cheiro.

E lá nos vamos: Feira, São Sebastião, Catu — olha lá, o chão pegando fogo. É o gás da terra, se evaporando. Por aqui a terra peida labareda, compadre. Este é o chão do petróleo, ônibus apinhado de gente, carros subindo e descendo, motoristas comendo gasolina com farinha seca — eta farofa desgraçada. — Já trabalhei nisso, menino. É um trabalho do cão. Motorista pra rodar nestas brenhas, dia e noite, noite e dia, só engolindo óleo, senão não agüenta. Pior do que rodar com um caminhão nas mãos? Sei lá, homem. Sei lá o que é melhor ou que é pior. Pelo menos o caminhão é meu, porra. Passa aí essa garrafa.

Meu primo Felipe, preciso da sua ajuda, agora mais do que nunca. Como você está de dinheiro, meu irmão?

Tenho algum, sim senhor. Mas desconfio que vai tudo para o conserto do caminhão. Mas diga lá, companheiro. Qual é a situação?

Empréstimo a juros, coisas deste tipo, contra recibo, pagamento a médio prazo.

Só vendo, Gil, na volta. Depois de tudo pago. Mas quanto? Me dê uma idéia.

Coisa de mil. Nem cinco nem dez. Multiplique isso pelos dedos da sua mão e me diga se pode.

É dinheiro como o diabo, compadre. Sinto muito, mas não vai dar, não. Cadê a garrafa?

Dá para quanto?

Só vendo. Depois a gente conversa. Passa a garrafa, porra.

Olha lá, as luzes da Princesinha. Estamos chegando, companheiro. Esta será a nossa primeira parada. Aqui a gente dorme, acorda cedo, depois se arranca.

Aonde vamos dormir, Gil?

Sei lá. Topa um puteiro?

Apoiado. Tome aí a garrafa.

Picolé, estação de trem, rolete de cana, cascas de laranja, as luzes do cinema, das lojas, das ruas, das casas. Esta foi a minha primeira cidade, a primeira que vi na vida, você sabia, Felipe? Passamos três noites aqui, quando iam me levar para o seminário. Porque o caminhão do teu pai quebrou — e eu ia em cima da carga de feijão, que ele levava para a capital. Teu pai foi o primeiro homem moderno da nossa terra. Foi o primeiro a sentir o cheiro da gasolina.

Por isso se lascou todo, coitado. Está a ponto de pedir esmola.

Velho tio Inocêncio. Aprendi a rodar mundo em cima do caminhão dele. Não pode estar tão ruim assim. Ele não é teu sócio, no caminhão?

É. Mas que adianta. Vivo sempre virando a desgraça desse caminhão. Enterro o dinheiro nos prejuízos.

Velho tio Inocêncio. Ele não sabia que caminhão só é negócio para quem tem estrada. Ele nunca teve estrada.

É verdade. Para se andar sete léguas tínhamos que rodar por mais de quinze. A gente tinha que dar uma volta desgraçada, por dentro da buraqueira, lembra? Atolando, virando, quebrando.

E quando o caminhão escorregava para trás na ladeira do cruzeiro, hein? Chuva caindo, o motor estourando e as rodas deslizando, puxando para trás. Quantas vezes o caminhão não despencava no despenhadeiro, hein?

Aí o velho arrancava os piolhos da cabeça: "Meu Deus do Céu, o que é que eu vou fazer agora?" E aí ele vendia uma, duas, todas as suas vaquinhas, para pagar o prejuízo. E foi assim que ele foi se desgraçando.

Que nada, rapaz. O que desgraçou tio Inocêncio foi aquele motorista, lembra? Ninguém nunca tinha visto um motorista, nem um caminhão, até quando ele apareceu com um caminhão e um motorista, um sujeito moderno, cheio de dente de ouro e muita malandragem.

Se me lembro! Nem me fale. O cabra desgraçou o velho e a honra de todas as moças do lugar. Do velho, ele levou a grana. Das moças, ele levou os trampos. Foi aí que papai botou as minhas mãos num volante. Dizia:

"Forasteiro nenhum vai botar mais a mão neste caminhão. Forasteiro é raça ruim." Tive que ir a Sergipe, para tirar uma carteira. Um sujeito me fazendo perguntas e eu metendo dinheiro na mão dele e dizendo: tá aí a resposta. Acabei voltando diplomado.

Falaram muito de tua irmã com o motorista, não foi?

Falaram de Deus e o mundo. Mas isso de falar se fala muito. Falam até que você é viado. Dizem: "Gil não se casou até hoje. Só pode ser viado."

Deixa falar. Deixa falarem. Mas, como eu ia te dizendo, chegamos aqui de noite, com todas as luzes acesas. No dia seguinte, eu disse para mamãe: — O que eu mais gostei foi das luzes. Tem até luz verde, dizendo o nome das lojas. Tem luz vermelha, tem luz amarela, tem tudo quanto é luz. E mamãe: — Não diga isto nunca mais. Senão vão pensar que você é um tabaréu da roça.

Tabaréu da roça quer ser tudo no mundo, menos tabaréu da roça, não é?

É.

Eu não gosto desta cidade. Por quê?

Foi no hospital daqui que arrancaram um pedaço da minha bunda. Uma vez que eu virei com uma caminhonete do petróleo.

Quer dizer que você aprendeu a virar desde cedo?

Também, com essas estradas...

Mas quando foi mesmo que você trabalhou no petróleo?

Uma vez aí, que o caminhão de papai se estraçalhou e ele não teve dinheiro para comprar outro. Nesse tempo você devia andar rodando lá por São Paulo. Cadê a garrafa?

Cheguei, Marília. Estou na tua praça, no teu terreiro.

Rodei para cima e para baixo, com um primo bêbado que vem comigo sem entender nada. Sei. Não adianta te procurar por estas ruas, por estas esquinas. Nem mesmo adianta parar diante de tua porta e ficar esperando. A estas horas estarás diante da televisão, vendo a novela das oito, depois a das dez e depois o filme da meia-noite. Já me disseram: o teu pai morreu, teu irmão ficou louco e tens um filho e és profundamente infeliz. Lamento muito. Não perguntei pelos negócios da família. Já não me interessam. Problema para o teu marido. Digo-te adeus. E no entanto, pelo menos esta noite, continuarei procurando por ti. Na praça do coreto e na porta do cinema. Defronte do urubu-rei ou no colégio das freiras. No portão do estádio ou no convento dos capuchinhos. Na estrada que margeia o ginásio e vai dar na escuridão dos coqueiros. Não esqueça — por favor não esqueça — a pracinha da estação. Já não existe trem algum, nem de luxo, nem de pobre, nem mesmo um cargueiro, mas posso estar lá, de pé, esperando as notícias, no meio daquele mundo de cestos e ônibus, gente e cascas de banana.

Tenho me esforçado um bocado, sabias? Paguei toda a dívida com o meu pai, sabias? Se quiseres saber mais, tenho um endereço certo. O puteiro da tua cidade. É o melhor deste interior, diz o meu primo, um homem viajado. Quem sabe a gente acabe se encontrando por lá? Mas venha depressa. Estou de passagem.

— Você levou um vidão aqui, não foi, Gil? — diz Felipe.

— Por que você acha isso?

— Quantas vezes passei por aqui e, para falar com você, era preciso marcar audiência?

— Essa é boa. Marcar audiência. Conta outra. Gostei da piada.

— Falo sério. Você estava sempre rodeado. Na tua casa a água rolava. Era gente como o diabo. Tudo importantão. E todo mundo te agarrando, te puxando, te levando pra lá e pra cá. E as mulheres, hein?

— Quer que eu te diga? Minha vida aqui foi como um samba-canção. Um caso de amor que não deu certo.

— Por falar nisso, e as putas? Vamos ou não vamos?

— Porra, espera um pouco. É cedo ainda.

No posto de gasolina me perguntam: como vai você? E eu: tudo às mil maravilhas. Nunca estive melhor. Há um que ainda se lembra de mim, em compensação há todos os outros para quem sou apenas mais um que passa, enche o tanque e vai embora. Sigo bem devagar, aponto uma casa: ali morava o juiz. E Felipe: quem? Ali morava a professora Júlia. E Felipe: quem? Uma bela mulher, que além de bonita, era culta e inteligente. Teve que fugir às pressas, depois que distribuíram um pasquim de porta em porta, contando que ela dava para todo mundo. Inventaram histórias incríveis também sobre as suas filhas e do marido o mínimo que disseram foi que ele era um corno manso. — Nossa Senhora! — disse Felipe. — E era verdade? — A única verdade que eu conheço é que esta é uma cidade estúpida. — Como as outras — disse Felipe. — São todas a mesma coisa. E eu: ali morava um homem que foi assassinado durante o jantar, por engano. Era o prefeito que queriam matar e o prefeito ia estar na casa do homem que morreu em seu lugar. Vida de gente por aqui vale menos do que vida de passarinho. — Em todo lugar é a mesma coisa, neste Brasil inteiro — diz Felipe, agora disposto a me contrariar em tudo. — E ali, sabe quem mora ali? Pois ali mora o alta patente. E meu primo Felipe: — quem? — O homem que matou o juiz. — Como? — Isso mesmo: o homem que matou o juiz. E Felipe, outra vez: — cuidado, caboco. Você está sabendo demais. Mas quem era mesmo esse juiz? — Era um amigo meu e de toda esta cidade. E Felipe: — você gosta um bocado daqui, não é, Gil? E eu: — cem quilômetros para a capital. É. É melhorzinha do que Juazeiro, que fica longe como o inferno. E Felipe: — você tem ido a

Salvador, Gil? — Não. Faz tempo que não vou lá. Por que diabo você está me perguntando isso?

— Por nada. Você vivia socado em Salvador, atochando as meninas. Você sabia das coisas, Gil.

— Eu? Por que eu? Que é isso? Agora te pergunto: você tem ido a Salvador?

— Quem sou eu, rapaz. Quem sou eu.

— Por que quem sou eu? Você mora pertinho de Salvador.

— Mas vivo pelos caminhos do mundo. Só vou a Salvador quando tenho que carregar e descarregar. E depois dou o fora e pego a estrada. Mas você, não. Você é bacana. Vai lá para passear na praia, ir nas boites, foder um bocado. Eu sou do pesado, Gil. O máximo que eu truncho é na putaria, você me entende?

— Não, não te entendo. Essa de me achar bacana eu não entendi.

— Ora, Gil, você sempre foi um grande sacana.

— Que é que há, Felipe? Qual é a bronca?

— Nada, Gil. Estou te dizendo um negócio de verdade. Desde menino que você era bacana. A gente lá pelas roças, capinando, e você na rua fazendo serenata e carcando nas muiés, não era? Mas você era um cabra porreta. A gente chegava na porta da escola, no dia da festa, todo mundo tendo que pagar uns tostões pra entrar e você empurrando a gente, de graça. Entra e dança, você dizia. Tem menina aí como o corno. A gente ia e as meninas não queriam dançar com a gente. Você pegava a mão de uma e botava na mão da gente, mas a menina saía correndo. Queria dançar era com você, Gil. E você lá, tocando, pra a gente dançar. Você inventava aqueles pagodes, arrumava uns músicos, um pandeiro, um saxofone, um violão, uma sanfona, o que achasse pela frente. E tome arrasta-pé. Nunca me esqueci disso, Gil. Era tudo pago para dar uma gaita para os músicos, uma bobagem qualquer. Mas você acabava empurrando todo mundo, de graça. Você não podia ver aquela fila na porta. Todo mundo tinha que entrar.

— Se era festa, era festa, não é, compadre? O que eu podia fazer?

— Por isso eu acho você um sacana.

— Sacana, eu? Não entendi.

— No bom sentido, porra. Um sacana é um camarada que a gente gosta.

— Desculpe. De tanto falarem mal de mim, pensei que você também estava falando.

— Dizem cobras e lagartos de você, é verdade. Mas eu estou aqui para testemunhar que você é um grande sacana.

— Agora eu te entendi. Só não entendi quando você me perguntou se eu tenho ido a Salvador.

— Ah, rapaz. Por causa de uma parenta nossa, de lá. Ela te ama, você sabia?

— Fala logo quem é, que assim eu nunca vou saber.

— O nome dela é Zilma, já sabe agora?

— Assim melhorou, porra.

— Então, Zilma é filha de quem?

— Do banqueiro, que se casou com minha tia, que só fui conhecer quando eu já tinha uns dezesseis anos.

— Quem, a tia?

— Sim, a tia e a filha da tia.

— Pois é, ela se casou e tem dois filhos. E um dia me disse: — Sabe que já fui apaixonada por Gil? Aonde anda aquele bandido?

— Taí. Desta paixão eu nunca soube.

— Ela me disse que você não saía da casa dela, é verdade?

— Que nada. Fui lá umas três vezes, se tanto. Eu descia até Salvador, sempre às voltas com uns papéis, para a Marinha, para o Exército, para a Aeronáutica, essas coisas e, no meio do tempo, dava uma passada em sua casa. Aquela história de falarem para a gente, desde que a gente nasce, que a gente tem uns parentes ricos. E eram mesmo. Que casão, compadre. Que coisa fina. Zilminha tinha uns quinze anos e a mãe dela, a nossa tia, gritava da sala para o primeiro andar: — Minha filha, venha conhecer o seu primo. Na segunda vez eu vi os peitinhos da minha priminha. Pensei até em me grudar nela e entrar para a família. Mas eles eram tão ricos.

— Bobagem, rapaz. Que bobagem.

— O quê?

— Isso de você não ter percebido que ela estava gostando de você.

— Mas como eu ia perceber? Eu era o primo pobre, você entende? Ia lá, conversava, todo mundo me achava bacana, tudo ótimo, mas eu saía de lá me sentindo um grande idiota. Um camarada que chegava, falava, falava, fazia muita fuzarca, e no fundo eu era quem alegrava aquele mundo de gente que no fundo me achava um bobalhão. Deu para entender? Era assim que eu me sentia. Nem a nossa priminha deu motivos para que eu achasse que ela estava apaixonada por mim. Ela diz isso agora, que se casou, como você diz, tem dois filhos, e está infeliz, entende?

— Ô, Gil. O que acho é que você nunca soube aproveitar, entende? Por isso mesmo você continua sendo um grande sacana. Passe a garrafa.

E assim se passaram dez anos, sem eu ver teu rosto — Gil canta. E repete: e assim se passaram tantos anos.

Os pneus do seu carro também cantam, dentro dos buracos. Praça Kennedy, rua do Telégrafo, rua do Inhambupe. Parentes. Pobreza. Visitas obrigatórias. Cachaça. Licor de jurubeba. Licor de jenipapo. Parar o carro, descer do carro, arrancar de novo e ir em frente. Abraços. Adeuses. Ao povo da roça, à ribanceira da cidade. A ribanceira não tem dinheiro em banco, saldo médio, nem carteirinha do Tênis

Clube. A ela os buracos e as ruas escuras. Mas esta gente sabe tapar buraco e subir em poste, basta que lhe paguem uma diária miserável ou uns litros de feijão. Tudo continua na mesma, como há dez anos, e ele era agora apenas um homem dez anos mais velho, barrigudo e inchado. E daqui a dez anos será tão-somente um homem dez anos mais velho, com o pé na cova e a bunda numa cadeira de rodas, se tiver dinheiro para comprar uma. O que você está fazendo pelo seu futuro, Gil?

Goza a euforia do vôo do anjo perdido em ti.

Não indagues se nossas estradas, tempo e vento, desabam no abismo.

Que sabes tu do fim?

Se temes que teu mistério seja uma noite, enche-o de estrelas.

Conserva a ilusão de que teu vôo te leva sempre para o mais alto.

No deslumbramento da ascensão,
se pressentires que amanhã estarás mudo
esgota, como um pássaro, as canções que tens na garganta.

Canta. Canta para conservar a ilusão de festa e de vitória.

Talvez as canções adormeçam as feras
que esperam devorar o pássaro.

Desde que nasceste não és mais que um vôo no tempo.
Rumo do céu?
Que importa a rota.
Voa e canta enquanto resistirem as asas.

Inúteis versos d'antanho — a poesia assassinada na cidade de um amigo assassinado. O inimigo que amava Menotti, que amava Drummond, que amava Bandeira, que amava Vinicius e Sosígenes Costa e Godofredo Filho e Anísio Melhor, todos os poetas da Bahia e do Brasil. Restava-lhe a lembrança, esta mistura de saudade e dor. Inútil também era procurar as cordas do seu violão aposentado e a sua voz perdida na cidade desdentada, que rebola o traseiro e saracoteia as sandálias no chão eletrificado da longa noite americana. — Aqui mesmo, Dom Luís: neste puteiro que coça em meus pentelhos e que vai me fazer gastar os últimos trocados numa lata de inseticida que me alivie esta coceira. Puteiro de talco Johnson e babacas raspadas, piolhos e chatos. Bordel. Farol. Brega. Castelo. Cabaré. Mangue. Pântano. Zona. Uma puta de uma zona. Me dê a sua mão, Mestre. Venha comigo. Entre na dança.

Gil avança um passo e chega a uma mesa, com o seu primo e amigo Felipe. Pedem uma cerveja e ficam olhando, quietos. O som o atordoa. As luzes estonteiam as suas vistas empoeiradas. Imagens tremidas. Cenas confusas de um filme sem sentido. Estaria sonhando? Seria um pesadelo? Há um grupo de quatro homens sentados bem à sua frente. É possível ver que um deles, o que está de costas, está armado. Uma mulher bonita entra no salão e as mulheres que estão na mesa a seu lado ameaçam um alvoroço. A mulher que chega não é do ramo, já se vê. Ela caminha para a mesa dos quatro homens e um deles faz um sinal para o que está de costas, que se levanta depressa, vira-se e anda na direção da mulher que chega. Ele bate na cara da mulher, com a mão aberta. "Mão de quem sabe bater", Gil pensa. "E bem." Ela cai. As outras, as que estão na mesa ao lado, correm, levantam a mulher — tão bem vestida, tão fina, e agora tão desmoralizada — e levam-na até uma cadeira, bem perto de Gil. Ele enche um copo de cerveja e passa-o à mulher: — Beba um pouco. Isso lhe acalma. Ela recebeu o copo, parou de soluçar, parou aquele miado que parecia vir do mais fundo do útero, apertou com muita força o braço de Gil e disse: — Obrigada. Muito obrigada.

Agora já se sabia: o homem que bateu nela era o seu marido. — Lugar de mãe de família é em casa — ele disse. — E lugar de pai de família é em casa — ela disse, e não precisou dizer mais nada, porque o tapa cantou em seu rosto ainda bonito. Agora ela estava dizendo para Gil: — Toda noite é isto. Ele aqui e eu em casa, sozinha, com duas crianças. Hoje não me agüentei.

O homem continuava de costas, mas olhava sempre para trás. Vigiava a mulher. Agora ele se levanta e caminha até à mesa de Gil. Pára diante dele e fala, com voz calma, amistosa, sem raiva:

— Queria falar com você em particular, pode ser?

— Pois não. Sente-se. Fique à vontade.

— Aqui, não. É um particular.

Gil procurou o primo Felipe com os olhos e ele estava dançando. O caso deste hoje é uma boceta e nada mais, pensou. Levantou-se e seguiu o homem. — Onde? — No banheiro — disse o homem. — No banheiro? — É que eu tô um bocado apertado. Uma mijadinha rápida. E ao chegar ao banheiro o homem trancou a porta, encostou o revólver no peito de Gil e perguntou: — Você me conhece? Sabe quem eu sou?

(Eu com um olho no homem, Dom Luís, e o outro no gatilho e pensando "meu Deus, basta esse dedo tremer um pouco e adeus Gil", meus pés gelando, minha boca tremendo, minhas mãos suando frio, minhas pernas bambeando e ele com uma mão me segurando para eu não cair e a outra apertando firme um cano no meu peito e eu respondendo, com a língua engrolada, não, não sei, não sei não, senhor, nunca lhe vi antes e ele "o que é que ela estava lhe dizendo" e eu "nada, só me agradeceu o copo de cerveja, ela está muito nervosa, foi por isso que eu dei a cerveja" e ele "você é algum doutor, algum advogado ou juiz, você é daqui?" e eu — minhas pernas, minha Nossa Senhora, cadê minhas pernas — "não sou nada disso, não, estou de passagem, moro em

Juazeiro" e ele "então fique calmo que não vai lhe acontecer nada, mas fique sabendo que eu posso lhe expulsar daqui, proibir você de botar os pés aqui, colabore comigo, não me arrume encrenca", meu primo batendo na porta, gritando, mulheres gritando e ele respondendo "não é nada, não, está tudo bem" e dizendo responda também e eu respondendo, acalmando, e ele guardando o revólver, abrindo a porta, piscando um olho para mim e pegando uma mulher pelo braço e dizendo vamos para o quarto e lá se indo com ela e eu dizendo para o meu primo Felipe "agüenta aí um instante" e voltando ao banheiro para tirar as cuecas e jogar fora, eu tapando o nariz e jogando as cuecas na cesta do lixo ao lado da privada, e depois meu primo Felipe perguntando o que houve e eu "nada, depois eu te conto" e ele "quem é esse bicho" e eu, baixinho, no ouvido dele, "o tal que matou o juiz" e meu primo "ca-ralho, ele sabe que você sabe" e eu: não. E meu primo "vamos nos picar daqui" e saímos e fomos procurar um hotel e eu disse "dirija o carro que eu não tenho a menor condição, minhas pernas se foram" e no caminho eu disse "vamos rodar um pouco antes do hotel porque eu preciso ver se encontro quem queira comprar este carro" e ele "por que" e eu "preciso vender o carro, pegar algum dinheiro adiantado e voltar no próximo fim de semana para entregar o carro e receber o resto, não posso voltar a Juazeiro sem dinheiro" e o meu primo "quanto é mesmo que você precisa" e eu "um bocado, companheiro, dinheiro como o diabo", mas já era tarde, a cidade dormia e não havia mais ninguém a quem eu pudesse oferecer um carro, e fomos para um hotel e combinamos acordar cedo e seguir em frente, mas quando acordei vi a cama de Felipe vazia e eu pensei "deve ter ido ao banheiro", mas depois eu vi um bilhete em cima da cama, peguei o bilhete e li, as palavras bambeando na confusão dos meus olhos, "você me desculpe mas resolvi voltar daqui, como só tem um ônibus de manhã e outro de tarde, vou nesse, não te acordei porque você parecia muito cansado e eu quis te deixar dormir à vontade, na volta passe por Feira para a gente falar daquele assunto, vou ver em que posso te ajudar, mas acho que não vai dar pra muito, por causa do conserto do caminhão", etc. Joguei o bilhete de lado e fiquei olhando para o teto. Como as minhas pernas doem, meu corpo todo, tudo dói e a vontade é ficar aqui nesta cama para sempre, olhando para o teto, porque já sei que não vou encontrar o dinheiro que preciso para repor na conta da Justiça do Trabalho segunda-feira cedo e hoje já é sábado e eu tenho que ir adiante para fazer um comício na Tapera Velha, chão adentro da Malhada da Pedra, lonjuras, fins de mundo, do meu mundo, da minha vida, do meu tudo.)

E assim ele se deixou ficar, por algum tempo. E viu um menino chegar a seu lado, junto da cama. O menino enfiou a mão em seus cabelos e disse:

— Papai, você tá cheio de cabelo branco.

— Tô mesmo? Muitos?

— M-u-i-t-o-s.

— Quantos?

— Uma porção. Por que você tá cheio de cabelo branco?

— Porque tô ficando velho. Não tô?

— Não, não tá.

— Não mesmo?

— Não. Papai, deixa eu catar os seus piolhos?

— Deixo.

— Olha aqui um, olha aqui outro, tem um bocadão. (O menino aperta montinhos de cabelos com os seus polegares.) — Papai, por que é que você tá velho?

— Os anos, meu filho. Os anos.

— Quantos anos você tem, papai?

— Quarenta.

O menino mostrou-lhe a mãozinha aberta. Disse:

— É isto o que eu tenho. E você? Faz com os dedos, faz.

Ele espalmou as duas mãos.

— Tá vendo aqui?

— Tô.

Movimentou as mãos.

— Dez, com mais dez, vinte, com mais dez, trinta, com mais dez, quarenta.

O menino o imitou, movendo as suas duas mãozinhas.

— Uma, duas, três, quatro vezes.

— Isso mesmo. Quatro vezes os dedos das suas mãos.

— Deixa eu lhe dar um abraço, pai?

— Oba. Venha de lá este abraço.

O menino desaparece. Gil fecha os olhos.

Não, você não tem mais cinco anos, menino, você tem cinco vezes três e mais dois, estou tentando fazer os cálculos com os dedos das minhas mãos e assim descubro que o tempo voou mais rápido e mais alto do que eu próprio podia ter imaginado, como um vôo dentro de um sonho, com pedaços bons e pedaços ruins. Conheci você com três anos e bastou olhar para você para saber que a sua mãe tinha dito a verdade três anos antes, quando me disse que estava grávida e que o filho era meu e este segredo só eu e ela sabíamos, porque nem mesmo o homem que pensava que era o seu pai chegou alguma vez a suspeitar de nada. Tudo aconteceu sem a gente estar esperando, num subúrbio enfumaçado, onde você foi feito e parido. O homem que até hoje pensa que é o seu pai trabalhava muito, a bem dizer dia e noite, misturando o dia com a noite, e eu estava lá, procurando trabalho, que nunca achava. E de vez em quando, perdido e com fome, eu aparecia na casa da sua mãe, e ela me dava um prato de comida. E um dia, uma vez... um dia cinza, feio, triste, frio, como sempre foram quase todos os dias paulistas. Eu vim embora sem achar trabalho e sem ver você nascer, e o homem que pensa que é o seu pai, três anos depois, cansado de trabalhar dia e noite, também veio embora trazendo pelo braço você e a mulher mais bonita que já havia aparecido numa terrinha como a nossa. E dois anos depois sua mãe e você foram mandados embora e foi a última vez que eu te vi. Vocês saíram às pressas, corridos, enxotados, dois cães sem dono. Voltaram pela mesma estrada em que vieram e eu nem vi vocês partirem, porque tudo foi feito no escuro, da mesma maneira como eu e sua mãe nos encontrávamos, na sacristia da igreja. Portas fechadas, chão frio, vida quente.

Eu era o tocador do órgão, o locutor do alto-falante da igreja, era o sonoplasta. Era quase o dono daquela casa de Deus. Só eu tinha a chave. Entrava pela frente, ela entrava pelo fundo, depois de olhar para todos os lados e ver que não tinha sido vista. Um dia a igreja caiu: ela foi vista, ao sair. E bastou que uma única pessoa se desse conta do que estava se passando lá dentro da igreja, para que o mundo desabasse sobre nossas cabeças. Um escândalo. Eu preso em casa, pela minha própria polícia particular, a minha família, que me empurrou para longe, em cima de um cavalo. Eu era um homem manchado e tinha manchado todo mundo. E o homem que pensava que era o seu pai botou vocês para correr, você sendo escorraçado sem entender nada, eu imagino. Vocês levantando a poeira da estrada e ele levantando a poeira de uma praça em pé de guerra, fazendo sentinela na porta de uma venda, com um copo de cachaça numa mão e um pau-de-fogo na outra, clamando aos céus e à Terra contra a safadeza dos homens e a sem-vergonhice das mulheres. Urrava feito um louco varrido e esperava que eu aparecesse em algum ponto que pudesse ser atingido por uma bala. O dia emendando na noite, a noite emendando no dia, e ele esbravejando e comendo cachaça, o que acabou num tiroteio com homens que não tinham nada a ver com a história e que lhe arrancaram um pedaço da cabeça. Só assim ele sossegou, curou a ferida e foi embora, para se encontrar com vocês. Cuidem bem dele, onde quer que vocês estejam. Ele é que é o verdadeiro homem da sua mãe e o seu pai de verdade. Você está me ouvindo, meu filho? Me ouça, caralho, nem que seja uma única vez.

Acordar. Levantar. Pôr os pés no chão. Andar. Lavar a cara. Desembaçar os olhos. Andar. Dor nas pernas. Fogo nas tripas. Um copo d'água. Um copo de leite. Um pedaço de pão. Embrulho no estômago. Procurar o carro. Ligar o motor. Dar a partida. Botar o pé na estrada. Comer primeiro. Tudo vai melhor quando se come. É bom demais. Mas não com esse enjôo, com esses engulhos, essa vontade de vomitar. Gil se segura. Gil segura a barriga. Gil está de pé. Gil está vivo.

De pé diante de um balcão, se pendurando, se segurando — "traz água, mamãe. Me traz mais um copo de leite, mamãe. O mundo está rodando. O mundo, mamãe, é um tonto, um alcoólatra de ressaca, um cego no meio do tiroteio. Esta vida é uma gangorra. Mas eu ainda quero rosetar. Ro-se-tar, mamãe. Cravar o espinho do cravo na roseira do mundo, cravar o meu espinho numa rosa aveludada, macia e cheirosa, cheirando a mulher".

E ele vê um homem chegar, com um papel na mão e a outra mão já estendida para apertar a sua. "Onde é mesmo que eu estou?" Gil agora se lembrava: foi no Rio de Janeiro. Estava de pé, diante de um balcão, bebendo cachaça, sozinho, no centro da cidade. Tinha o dia inteiro para beber. Era mesmo a única coisa que ele tinha a fazer no Rio de Janeiro.

"Eu estava lá, Marília, porque liguei para a casa onde você se encontrava e me disseram que você tinha ido para o Centro, para fazer umas compras. E eu fui para o Centro, quem sabe eu te encontrasse por lá. E foi aí, Marília, que eu descobri que o Centro da cidade é um cego no meio de um tiroteio."

O homem apertou a sua mão e disse:

— Quero que o senhor olhe este papel, para o senhor ver que não sou nenhum mentiroso, nenhum safado como muitos que tem por aqui.

Eu conhecia muito bem aquele documento, Dom Luís, uma guia em três vias. A última é cor-de-rosa, a cor da flor. FGTS. Fundo de Garantia por Tempo de Serviço. O homem mostrando uma data, escrita a mão nas costas do papel. O homem dizendo: — Fui mandado embora do meu trabalho, mas só posso receber o meu dinheiro daqui a um mês. O homem se explicando: — Eu trabalhava no metrô e eles me mandaram embora. Um homem alto, magro, forte, com uma cara ofendida e dois olhos cheios de raiva: — O que eu queria mesmo era passar fogo nesta cambada toda. Eu sou da Bahia. Eles não sabem com quem estão brincando. E eu, botando água na fervura: — É isto o que dá vontade de fazer mesmo, mas não adianta nada. E o homem: — O senhor acha mesmo que não adianta? E eu: — Eles são fortes. Acabam com você no mesmo minuto. O homem abotoava os seus olhos de fogo na minha cara e indagava, como se não estivesse acreditando: — O senhor acha isso mesmo? E eu: — Pelo amor de Deus, pare de me chamar de senhor. Senhores são os que botaram você no olho da rua. E o homem: — É por isso que eu quero passar fogo neles todos. E eu: — Isso não adianta, não resolve nada. Os olhos dele pareciam cada vez mais incendiados: — E o que adianta? Me diga. E eu: — Por enquanto a única coisa que adianta é você procurar outro emprego. Depois entre para o Sindicato, se junte, se reúna aos seus. Ele ficou quieto, pensando. Depois perguntou se eu lhe pagava uma cachaça. Pedi a cachaça. Queria comer alguma coisa também. Uma lingüiça com pão. Tinha lingüiça, mas não tinha pão. Ele comeu a lingüiça. Depois bebeu a cachaça de uma talagada só. E depois disse que um colega seu, um gaúcho, um amigo, havia emborcado uma garrafa e meia de cachaça e depois se jogado na frente de uma motocicleta. O homem agora tinha os olhos cheios de desalento e me dizia, Dom Luís: — Ele se esbagaçou todo. Eu também vou me esbagaçar todo. Vou me jogar na frente de um carro. E eu: — É isso o que eles querem que você faça. Não seja idiota. Não dê este gosto a filho da puta nenhum. E ele, como que acordando, como que emergindo da lama para a água: — E você? De onde você é? Digo: — Também sou da Bahia. O homem respirou com um pouco mais de alento: — Bem logo vi. Então você é de lá? Me diga uma coisa: Está chovendo por lá? E, sem esperar a minha resposta: — Conhece a família Moscoso? Aquilo é que é gente boa. São ricos como o diabo, mas são gente boa. Eu também sou Moscoso, sou da mesma família. E eu: — Mas você...

Não foi preciso completar o que eu ia dizer. Ele entendeu. E nos calamos. Apenas olhávamos um para o outro. Olhávamos para o chão, olhávamos para a rua, olhávamos para as prateleiras cheias de garrafas. Uma casa velha em pleno centro do Rio de Janeiro, uma vendinha igual às da minha terra em pleno centro do Rio de Janeiro. Até quando? Paguei a conta, dei uns trocados ao homem, que só faltou lamber as minhas mãos. E fui andando. Para onde?

Andar, andar, andar.

Andar começa com a letra A, a letra com um eixo e duas pernas. Gil bota o pé no acelerador. Gil pega a estrada.

— Devagar, Gil. Vá com calma, se não você se estrepa.

— Estrepado eu já estou, há muito tempo. Mas não se incomode, mamãe. Se eu morrer nasce outro. Não era assim que falava o Capitão Corisco?

— Bote suas barbas de molho. Você pegou a estrada errada.

— O errado e o certo não é nem o errado nem o certo. Estou na minha estrada.

Gil falava do entroncamento que ele próprio inventou, a boca do mato desmatada que acabaria por ligar a sua terrinha ao asfalto. Lá estava a tabuleta humilde indicando a entrada. É só dobrar à direita e ir em frente, chotando sobre os pneus, rangendo dentro dos buracos. Por aqui as cigarras cantam até estourar, os seus pneus também vão estourar. Aproveitaram os primeiros riscos que ele abriu no mato, a primeira picada. E fizeram um caminho trafegável, a vereda que lhe deixa ir e vir. Pelo menos já fizeram isso. E ganharam votos e fama em nome disso. E a sua, Gil, qual é a sua fama? De promessinha, enganador e ladrão. "Abri o caminho e acabei pagando a conta do meu próprio bolso. Mas isso ninguém se lembra, ninguém fala."

Pressentimentos ruins são como um aviso do anjo da guarda. Ele roda de orelha em pé, como um cavalo que sente pelo cheiro a aparição do demônio. Barricadas no meio do caminho? Tocaias dentro das moitas? Olhos que o vêem pelos canos de uma arma de fogo? As balas não têm juízo, Gil. Muito menos consideração. Pague o resto das suas dívidas e acabe esse medo, bote um fim nisso tudo. Acaba não, acaba nada. Nunca, jamais. Só na minha morte. — Se eu morrer, mamãe, abraçado ao volante e com o meu carro crivado de chumbo, plante uma cruz na beira da estrada. Depois faça uma procissão de moças bonitas para vir ver adonde estou. Mesmo depois de morto continuarei querendo rosetar.

— Menino, quando você tem, você dá tudo aos outros. Quando não tem, quer que os outros tirem você do buraco, a qualquer custo. A vida tem seus limites, menino. Você precisa aprender isso.

— Confio na minha estrela, mamãe. O meu santo é forte.

— Meta isso na sua cabeça, nesta cabecinha estonteada. A única verdade do mundo é o dinheiro. É o que a gente aprende, quando ele falta.

— Eu sei, mamãe. Eu sei. Por isso me empreste mais um pouco, até o fim do mês.

— Pra quê? Para você jogar fora.

— Sim, mamãe. Para eu jogar fora. Quem ama não fica rico.

E lá vai ele, lá vem ele, chegando e parando, na boca de uma tapera na porta de uma bodega, "ô, de casa, por favor um copo d'água", água barrenta e salobra, água de fundo de pote encardido, água ardida, beber isso é o mesmo que beber veneno, mas que remédio, é isso ou nada, é beber isso ou não beber e morrer de sede — ora, viva, ora vejam bem, ora, vejam só quem chegou. Compadre, o homem chegou. Lá na rua o negócio está pegando fogo, seu Gil, o pau está comendo. Isto aqui só se anima quando tem eleição, pena que seja de quatro em quatro anos. Mas este ano tá uma briga de foice, seu moço, mulher já não reconhece marido, filho não respeita pai, parente já não sabe parentar. É tudo do favor ou do contra, eu lhe aviso, se previna, isso vai dar em morte, meu irmão.

Gil pisa no acelerador, enche o pé, levanta a poeira, desponta no topo da ladeira — olha lá a igreja, olha a praça, a rua nova, a rua velha, o mercado, o prédio escolar. Olha as varandas, olha os coqueiros, bananeiras no quintal, fuxicos no portão. Escuta o canto das cigarras, é hoje que elas vão estourar. Terrinha bendita, terrinha maldita, gente feinha, gente bonita, lugarzinho que a gente reclama mas gosta, compadre — infeliz do feliz que botar os pés aqui e não disser amém, cabôco, você pode sair sem vida. E ele chega e buzina, relinchando sobre as quatro patas de borracha, galopa por trás, pelos lados e pela frente da igreja, esquipa diante das janelas das meninas (Maria, pega o mato é hora/arriba a saia e vamos nos embora), dá um upa na porta da venda:

— Vamos lá, minha gente. Só faltam oito dias.

Um caminhão apinhado no rumo da Tapera Velha. A voz de Gil sacudindo este sertão desassossegado.

— Vai Gil. Vai Gil. Vai Gil.

Corra Dom Luís chegue logo me socorra vou cair não quero cair não posso amanhã tem eleição tiros trovejam povo corre se embola sapateia dança esperneia eu fraquejo pernas favor me dê sua mão preciso ir lá depressa Dom Luís socorro me ajude estou rodando girando escorregando caindo barriga queimando tripas enrolando eu chegando altar primeira comunhão filas meninas meninos demoraram eu chegando atrasado padre enfiando hóstia minha boca hóstia batendo dentro barriga jejum tripas não agüentam peso corpo Cristo introibo ad altere Dei rápido Dom Luís sangue escorre minhas tripas sangue boca ventas sangue sangue sangue hóstia corpo Cristo meu corpo pesado peso corpo Cristo vou cair vou cair vou cair chegue Dom Luís chegue Dom Luís chegue Dom Luís

Gil chega ao centro da sala. Rodopia como um monte de palha no meio de um redemoinho. Gil cai.

— Ouvi um barulho esquisito e corri — o caseiro falava tão rápido que as suas palavras se embolavam. Quase não dava para se perceber o que ele estava dizendo. — Bastou empurrar a porta e ver, Dom Luís. Aí saí correndo para a estrada e Deus me ajudou que vinha passando este rapaz, de bicicleta. Aí eu perguntei se ele sabia dirigir carro e ele disse que sim. Aí eu disse: pelo amor de Deus me ajude. É um caso de vida ou morte. Tem um homem morrendo aqui. Se a gente corre, Dom Luís, a gente acha ele ainda com vida. Deixei ele com vida. Tava se debatendo no chão, espumando sangue. Mas pelos meus cálculos ele ainda está vivo. Vamos depressa, Dom Luís.

— Gil, você não pode morrer.

— Gil, você não pode morrer.

— Gil, você não pode morrer.

O Bispo implora, o Bispo pede, o Bispo chama — um Bispo desesperado, segurando em seus braços, no seu colo, o corpo de um homem que na verdade conhecia muito pouco. Ainda assim dera-lhe abrigo, oferecera-lhe descanso. Conhecia-o muito pouco, é verdade. Mas gostava dele. Porque parecia um bom homem, um bom filho de Deus cheio de tormentos. — Gil, você não pode morrer/não pode morrer — ele dizia e repetia para um corpo estendido no banco do carro, um corpo a caminho do hospital, com as pernas penduradas, largadas para baixo, e a cabeça em seu colo.

E ele abriu os seus dois imensos olhos negros e ficou olhando para o Bispo. Seus olhos agora eram serenos, tranqüilos — muito mais serenos e tranqüilos do que já puderam ter estado alguma vez. Tinha um olho ligeiramente menor do que o outro, uma diferença quase imperceptível para quem não o conhecesse muito bem. Podia-se até mesmo dizer que cada um de seus olhos enxergava de maneira diferente. O que viam agora? Um bispo, um amigo. Que também o via e parecia não acreditar no que estava vendo. Seus olhos viam o interior de um carro. Um motorista desconhecido, um caseiro, e as luzes. Luzes que iam e que vinham, passando, passando. E ele dentro das luzes, mais um passageiro dentro da cidade, quem sabe um novo passageiro, com a sua própria luz. Havia deixado uma carta dentro de uma latinha em cima do fogão. Isso já não importava. Havia deixado duas paredes marcadas com as palmas das suas mãos. Também não importava. Era só pintar as paredes. Havia derramado muito sangue pelo chão. Bastava lavar o chão. Amanhã iria para a cadeia, por causa de um desfalque. Mas isso era amanhã. Então ele pensou:

— Pois é, Dom Luís. Não sei se ganhei ou se perdi. E o Bispo, também pensando:

— Não sei mais se acredito em Deus, ou se este homem tem sangue de cavalo.

Posfácio

Amor pelo país

Caio Fernando Abreu*

A literatura brasileira, na década de 70, foi pródiga em contistas, e um tanto avara em romancistas. Uma das poucas (e valiosas) exceções é o baiano Antônio Torres. Desde sua estréia, em 1972, com *Um cão uivando para a lua*, ele vem trabalhando nesse terreno. Depois de publicar *Os homens dos pés redondos* em 1973, veio o grande sucesso de *Essa Terra*, em 1976. Fiel ao romance, ele publica agora este *Carta ao Bispo* — um livro pequeno, em número de páginas, mas tão denso, tão fluido, que pode ser lido de um fôlego só, ou lentamente, saboreando a linguagem. Em qualquer das duas hipóteses, o leitor descobrirá significados novos e surpreendentes.

---

*Resenha publicada na revista *Veja*, em 5 de dezembro de 1979.

"Escrever é sangrar", dizia anos atrás João Antônio, autor de *Malagueta, perus e bacanaço*, num de seus apaixonados depoimentos. É essa, principalmente, a sensação provocada pelo texto de Torres. Ele sangra, sua, palpita e chora, em sua ânsia de se expressar. Muitas vezes dispara, descontrolado, e a frase esquece vírgulas, toda a sintaxe tradicional, preferindo acompanhar a memória e a emoção da personagem, Gil, surpreendido pelo autor numa situação-limite extrema, em que vacilam as fronteiras entre vida e morte, lucidez e loucura, coragem e covardia. Como a própria consciência da personagem, a linguagem tenta se organizar, e novamente se fragmenta, fracassa. Perdedor da vida, resta a Gil a vitória, ou pelo menos a escolha, da própria morte. Ao autor, por outro lado, segundo a epígrafe de Nietzsche, resta apenas arte, para "não morrer de verdade". Essa arte, em Antônio Torres, é freqüentemente atingida, em cheio, através da palavra escrita.

Carta ao Bispo é a história de uma derrota. A derrota de Gil, "cavaleiro-andante de torna-viagem, sempre encalhando em algum lugar", é também a derrota do homem brasileiro do Nordeste, que fracassa mesmo quando tenta ser solidário com os seus irmãos de fome e seca. Empenhado na luta política, na procura do amor, tentando ser responsável pelo destino dos outros, Gil só consegue assumir sua integridade no momento em que decide ser dono do próprio destino. A saída, então, é o suicídio. Se é certo ou errado, não importa: "O errado e o certo não é nem o errado nem o certo. Estou na minha estrada."

Assim como a sua personagem, o autor também assume, ou reafirma, seu destino de escritor, com a publicação deste livro. E de forma cada vez ainda mais segura, no extremo oposto do suicida Gil. Conquistando pouco a pouco uma linguagem e um universo próprios, inconfundíveis, Torres parece estar se preparando para ocupar um dos espaços deixados vagos com a morte de romancistas do porte de Clarice Lispector, Guimarães Rosa, Osman Lins. Voltado — sem proselitismos, o que é raro — para a realidade brasileira, ele é capaz de dizer com simplicidade coisas como "Olha as varandas, olha os coqueiros, bananeiras no quintal, fuxicos no portão (...) Terrinha bendita, terrinha maldita, gente feinha, gente bonita, lugarzinho que a gente reclama mas gosta, compadre".

Em torno desse amor — desesperado, talvez suicida — por seu país é que gira o belo *Carta ao Bispo*, na mesma linha do anterior *Essa Terra*. Com a circunstância de que, em Torres, esse amor nasce mais do coração, das vísceras, que da cabeça, do raciocínio. Daí a paixão, o calor, o encanto poderoso do livro, e a maneira como ele atinge o leitor pelo caminho da emoção. Suas dúvidas tornam indispensável refletir sobre "este país trocado: cada macaco fora do seu galho". *Carta ao Bispo* é um livro que, oportunamente, desmente a fragilidade da atual literatura brasileira, além de confirmar e ampliar a vigorosa posição de Antônio Torres dentro dela.

Este livro foi composto na tipologia GoudyOldSt Bt
em corpo 12/16 e impresso em papel off-white
80 g/m^2 no Sistema Cameron da Divisão Gráfica
da Distribuidora Record.